KB065453

너무나 많은 여름이

너무나 많은 여름이

김연수 지음

레제

차례

두번째 밤

시 외곽으로 나가는 다리는 적군이 쏜 미사일에 부서졌다. 한 남자는 무너지는 집에서 어떻게 빠져나왔는지 설명하다가 아이처럼 엉엉 울었다. 바리케이드 너머, 먼 지방에서 온 할머니는 이제 걷는 건 지겹다며 짜증을 냈고, 따라온 개도 뒷발을 절룩거리며 낑낑댔다. 시커멓게 불타버린 트럭 옆에는 검댕 하나 묻지 않은 인형이 놓여 있었지만, 탐내는 아이는 없었다. 보초 선 군인들이 교대하는 걸 지켜본 오빠는 죽은 군인들은 누가 교대해주느냐고 중얼거렸다가 아빠에게 멍청이 취급을 당했다. 도시로 들어오는 피난민들 중에 엄마는 없었다. 전선은 코앞까지 밀고 들어왔다.

거듭된 공습으로 도시는 파괴됐다. 구조대가 무너진 아파트 잔해를 치우며 생존자를 찾았지만, 죽은 자들뿐이었다. 팔과 다리가 잘려나간 시체들, 반이 사라지고도 여전히 꿈틀거리는 듯 뒤틀린 몸뚱어리들, 신도 이제는 교대해줄 수 없는 존재들. 어둠 속에서 더듬거리다가 그런 것들이 만져지면 구조대는 못 본 체했다. 모든 것은 산산조각났다.

밤이면 죽어가는 것들의 비명이 들렸다. 처음에는 사람들의 비명인가 싶었지만, 사람이 아닌 것들의 비명도 있었다. 거꾸로 살아 있는 우리는 말을 잃었다. 표정을 잃고 감정을 잃었다. 처음으로 공습 사이렌이 울려 방공호로 내려갔을 때부터 우리는 그랬다. 거기 방공호 안에는 어떤 말도, 표정도, 감정도 없었다. 그저 침묵과 무표정뿐이었다. 나는 방공호 밖에서 죽어가는 것들과 함께 우리의 말과 표정과 감정이 산산조각나 골목으로 흩어지는 광경을 상상했다. 바람의 장례식처럼.

포격 소리가 조금씩 가까워지면서 방공호로는 어떤 생각이 고여들기 시작했다. 그 생각은 말이 되었다.

"이제 우리는 모두 죽을 거야."

누군가 말했다. 말에는 전염성이 있었다. 다른 이가 그 말을 따라 했다.

"이제 우리는 모두 죽을 거야."

그 말은 방공호 안을 휩쓸었다.

"이제 우리는 모두 죽을 거야."

많은 사람들이 한목소리로 외쳤다. 다른 말들의 소리는 들리지 않는 그곳에 오직 그 말만이 우리에게 남았다. 그 말에는 힘이 있었다. 방공호의 문이 열렸다.

건물과 거리와 집이 파괴되는 소리가 안으로 밀려들었다. 우리의, 들리지 않는 말과 보이지 않는 표정과 느껴지지 않는 감정이 도시와 함께 부서지고 있었다. 이제 더이상 안전한 곳은 없었다. 그 말에 사로잡힌 사람들은 방공호를 빠져나가기 시작했다. 어차피 모두 죽을 것이라면 스스로 죽음을 택하는 편이 낫다고 여기는 것 같았다.

아빠도 마찬가지였다. 엄마는 벌써 죽었을 거야. 속삭이듯 아빠는 말했다. 죽은 사람들은 돌아오지 못하니까. 아빠는 오빠와 내 손을 잡았다. 우리는 사람들을 따라 계단을 밟고 건물 옥상으로 올라갔다. 멀리 도시 곳곳에서 화염이 솟아올랐다.

"이제 우리는 모두 죽을 거야."

아빠가 말했다. 이제 우리에게 남은 희망은 그것뿐이었다.

사람들은 옥상에 서서 불타오르는 도시를 바라봤다. 우리가 사랑했던 지상의 유일한 땅이 불타고 있었다. 멀리서 폭발하는 화염에 따라 사람들의 얼굴이 환해졌다가 어두워지기를 반복했다. 빛에 노출될 때마다 얼굴은 새로워졌다. 마치 죽었다 다시 태어나는 윤회를 반복하는 존재들처럼. 그들은 죽을 결심을 하고 있었다.

그런 사람들 사이에 우는 할아버지가 있었다. 할아버지의 얼굴도 나타났다가 사라지기를 반복하고 있었다.

“이것이 두번째 밤이라는 것을 사람들이 알았으면 좋겠소. 내가 어렸을 때도 이런 밤이 있었으니까. 그때도 다리가 끊어지고 건물이 무너지고, 봉쇄된 도시로 적군이 밀려들었소.”

짙은 색 털모자를 쓴 할아버지의 얼굴은 온통 하얀 수염으로 뒤덮여 있었다.

“그때는 왜 전쟁이 일어난 건가요?”

오빠가 물었다.

“지금과 똑같았단다. 권력자는 적들의 위협에 선제적으로 맞서기 위해서라고 말했지.”

“전쟁을 막기 위해 전쟁을 벌이는 세상이라니. 우리는 어쩌다가 이런 세상에서 살게 됐을까요? 더구나 이게 처음이 아니라 두번째 밤이라면 말입니다.”

아빠가 말했다.

“당신처럼 생각하던 밤이 내게도 있었소. 그 밤 역시 두번째 밤이었소. 그때 노인이 내게 말했다오. 자신이 어렸을 때, 이와 똑같은 전쟁이 있었다고. 그래서 더 슬프다며 노인은 울었소. 그 노인의 마음이 지금 내 마음이오.”

왼쪽 가슴에 손을 대며 할아버지가 말했다.

“그렇다면 우리의 밤은 두번째 밤도, 세번째 밤도 아니고 수 없이 많은 밤 다음의 밤이라는 뜻이군요. 이렇게 어리석음을 반복하는 인류라면 이 밤을 마지막 밤으로 만드는 게 가장 현명하겠군요."

아빠의 손에 힘이 들어갔고, 나는 눈물이 났다.

"아빠, 아파요."

내 말에 아빠가 손에서 힘을 뺐다. 나는 안도의 한숨을 내뱉었다. 할아버지는 나를 바라봤다.

"이젠 괜찮냐? 너를 보니 울고 있을 수만은 없겠구나. 그래서 그때 그 노인도 눈물을 그치고 이렇게 말했겠구나."

여전히 옥상에 선 사람들의 얼굴은 환해졌다가 어두워지기를 반복하고 있었다. 할아버지는 그들을 향해 말했다.

"그때도 노인이 우리에게 말했소. 모두, 이 폐허를 바라보시오. 이 폐허는 지금까지 우리가 지혜로 쌓아올린 세상이 무너진 모습이라오. 모든 것이 산산조각나면서 지혜는 이처럼 흔해졌다오. 전쟁터에서는 세 살배기도 쉽게 지혜를 구할 수 있지. 그렇다면 지금은 우리가 지혜를 모을 때라오. 이토록 평범하고 흔한 지혜를. 악을 악으로 막을 수는 없으니 악을 물리치려면 선으로 맞서야만 한다는 것. 전쟁을 막는 유일한 길은 전쟁을 막는 일이라는 것. 이 평범하고 흔한 지혜로 우리도 세상을 다시 만들 수 있다오."

그때도 노인이 우리에게 말했다. 모든 것은 반복되고 있었다.

두번째 밤이 지나간 뒤, 포탄이 떨어질 때마다 우리는 생각한다. 모든 것이 산산조각날 때 세상에는 지혜가 가장 흔해진다고. 그때야말로 우리가 지혜를 모을 때라고. 평범하고 흔한 그 지혜로 우리는 세상을 다시 만들 것이라고.

나 혼자만
웃는 사람일 수는 없어서

I

기억나니? 언젠가 두 개의 태풍이 동시에 올라오던 여름을. 며칠간 계속된 비에 조금씩 지쳐가던 어느 오후, 너는 비가 그쳤다는 사실을 나보다 먼저 알아차렸지. 너의 시선을 따라 창밖을 내다본 나는 '아, 비가 그쳤구나'라고 생각했고, 내 마음을 읽은 너는 현관으로 달려갔지. 그처럼 네게 산책이란 더없이 고귀한 것, 그 무엇과도 바꿀 수 없는 참된 행복이었지.

우리의 산책은 늘 그 나무 아래에서 최고의 순간을 맞이했어. 5단지 초입에 서 있던 마로니에. 그 앞에 이르면 나는 그 나무의 둥치에 붙은 '칠엽수과 칠엽수Japanese Horse Chestnut'라고 쓰인 이름표를 찾아 읽었고, 너는 코를 킁킁대며 주위를 맴돌았어. 때로 산책도 버거울 정도로 몸과 마음이 힘든 날도 있었지만, 그 나무 아래에 서면 언제나 나오기를 잘했다는 생각뿐이었어. 그래, 모두 잊자. 잊어버리자. 지금 우리에게 좋은 것들만 생각하자. 아무리 어두워도 마로니에 아래에서의 생각은 환했고, 밤하늘을 가린 잎사귀의 잎맥은 더없이 또렷했지.

나는 매일 너에게서 뭔가를 배웠어. 네 앞에서는 좋아하는 것들만 생각하기. 태풍이든 장마든 뭔가 몰아칠 때는 그때야말로 한없이 나태해지고 게을러지기. 지금 이 순간, 기다릴 만한 것을 기다리기. 아무리 작고 사소하더라도 변화에 민감하기. 비가 그친 뒤 바람의 미세한 변화나 '오늘은 산책을 나가도 되지 않을까?' 같은 생각들을 흘려보내지 말고 알아차리기. 좋아하는 것들 앞에서는 온몸으로 기뻐하기.

내 미약한 마음마저 그대로 느끼던 네가 어찌나 경이롭던지. 그런 네게 "아니, 아직은 안 돼"라고 웃으며 말할 때, 너는 어떤 마음이었을까?

네가 떠나고 시간이 지난 뒤, 스물일곱 살에 죽은 일본 시인 가네코 미스즈의 시를 읽은 적이 있어. 거기에 이런 구절이 있었어.

> 내가 외로울 때,
> 상관없는 사람은 몰라.
>
> 내가 외로울 때,
> 친구들은 웃어.

나는 네 생각을 했어. 가끔은 나도 네게 상관없는 사람일 수 있었겠고, 웃는 사람일 수 있었겠어서. 웃는 사람은 상관없는 사람, 내가 외로울 때. 이제야 그걸 잘 알겠네.

2

모처럼 나간 산책에서 우리가 관을 발견한 것도 그 나무 아래에서였지. 그때의 너는 마치 식물학자라도 되는 양 마로니에 이파리들을 한참 올려다보고 있었어. 그럴 때의 너는 뭔가를 보고 있다기보다는 그 뭔가의 '너머'를 보는 듯했지. 그럴 때의 나는 네가 도대체 무엇을 보고 듣고 냄새 맡는지 궁금해 견딜 수가 없었고. 네 이름인 궁금이는 그럴 때의 내 이름이기도 했던 거야. 짧은 다리의 궁금아. 오래전, 그 사람과 내가 살던 작은 집에 처음 왔을 때, 너는 세상 모든 것이 궁금한 강아지였지. 궁금한 것을 알아낼 때까지는 포기를 모르던 불굴의 강아지였지.

어느 틈엔가 너는 그 좋아하는 산책에서도 자주 주저앉곤 하는 노견이 됐지. 그날도 너는 어서 가자는 내 말에도 나무를 올려다볼 뿐이었어. 힘이 든 것일까 싶을 때쯤 너는 마로니에 옆 화단을 파헤치기 시작했어. 그러고는 뭔가를 확신한 듯 내게 달려와 짖었지. 무엇이 너를 그토록 신나게 만들었을까? 너는 다시 화단으로 가서 흙을 파헤치다가 또 내게 달려와 짖었어. 마치 도와달라는 듯이. 나는 너와 함께 흙을 파헤쳤고, 우리는 비닐백에 넣은 종이상자를 발견했어. 칭찬해달라는 듯 나를 올려다보며 너는 짖었고, 나는 말했지.

"도대체 여기 이런 게 있다는 걸 어떻게 안 거니?"

그건 스포츠 브랜드의 로고가 선명한 붉은색 신발 상자였어. 안에는 작은 곰인형이 들어 있었지. 그 곰의 이름이 '딸랑이'라는 건 상자 뚜껑에 붙여놓은 종이를 보고 알 수 있었어. 군데군데 젖은 종이에는 삐뚤빼뚤 그 이름과 함께 액자에 든 곰인형의 얼굴이 그려져 있었지. 어두운 상자 안에 누워서도 인형은 웃고 있었는데, 그림 속의 얼굴은 어쩐지 울고 있었어. 그래서 '아, 이건 이 인형의 관이구나' 하는 생각이 퍼뜩 들었지만, 얼른 머릿속에서 지워버렸어. 네게 그 생각을 들키고 싶지 않았거든.

인형을 들었더니 소리가 났어. 몸 안에 작은 방울이 있어 흔들 때마다 딸랑거리는 소리가 났고, 그래서 이름이 딸랑이가 됐다는 것을 알 수 있었지. 그러자 네가 짖었고, 마로니에 이파리들이 바람에 흔들렸지. 내가 딸랑이를 흔들 때마다.

지루한 장마가 끝난 뒤, 그간의 습기를 모두 날려버릴 듯 내리쬐던 햇살을 받으며 그 인형이 빨랫줄에 매달려 있는 모습을 나는 기억하고 있어. 우리가 찾아낸 그 인형을 너는 무척 좋아했지. 나이가 들수록 너는 한 명命의 소도 잃지 않으려던 조상의 본능으로 돌아가는 것 같았어. 그게 비록 딸랑대는 인형에 불과했어도. 그 인형을 물고 핥고 던지면서 너는 놀았고, 그럴 때마다 딸랑거리는 소리가 났지. 깊은 밤, 잠에서 깨었다가 네가 내 옆에 없다는 것을 알아차릴 때가 있었어. 다시 잠들려고 눈을 감으면 불이 꺼진 거실에서 이따금 딸랑거리는 소리가 들렸고, 나는 가만히 그 소리에 귀를 기울였지. 그러면 모든 게 안심이었어.

3

재개발조합이 만들어져 우리가 살았던 그 아파트 단지가 철거된다는 소식이 들려온 건 그로부터 꽤 시간이 흐른 뒤의 일이었어. 그건 오래전 사랑했던 사람이 지금 죽어가고 있다는 전언처럼 들렸어. 가봐야 하지 않을까. 그런 마음으로 며칠을 보냈어. 현관문은 잘 닫히지 않고 겨울이면 배수관 주위로 결로가 생기고 밤이면 천장에서 쿵쿵대는 소리가 끊이지 않던 집이었지만, 내게는 새로운 삶이 시작된 곳이었지. 처음에는 나 혼자서. 그리고 얼마 뒤부터는 너와 둘이서. 거기서 나는 인생을 처음부터 다시 배워야 했지.

'이대로 사라지게 내버려둘 수는 없습니다.'

그 아파트 단지의 철거에 대한 키워드를 검색창에 넣었다가 발견한 웹페이지에 적힌 글귀였어. 나는 의아했지. 그 사연이 얼마나 절실하든 재개발, 용적률, 건폐율 따위의 어휘 앞에서 개인의 사정이란 한없이 무기력하다는 사실을 아는 나이가 되었으니까. 내버려둘 수 없다고 한들, 나는 그렇게 생각했어. 세상의 변화 앞에서 우리가 할 수 있는 일은 아무것도 없어. 설사 그게 한때 우리를 지켜주던 소중한 공간이라 하더라도. 그렇게 나는 그 낡은 아파트 건물만을 생각하고 있었던 거야. 우리가 지켜내야 하는 것이 오로지 그 건물뿐이라는 듯이 말이지.

하지만 계속 읽다보니 그 글을 쓴 사람은 건물의 철거를 막겠다는 것이 아니었어. 아파트를 둘러싸고 있던 나무들, 입주와 동시에 주민들과 함께 삼십여 년을 살아온 나무들이 계속 살 수 있게 하자는 것이었지. 그제야 나는 그 마로니에를 떠올릴 수 있었어. 부끄럽더군. 마로니에에게도, 네게도, 그리고 딸랑이에게도.

4

그 사람과 살던 집에서 나와 그 아파트로 이사했을 때, 나는 모든 것을 잃어버린 사람이었어. 그때는 너도 내 곁에 없었으니까. 네가 어찌나 걱정되던지. 너의 안부를 물으려면 그 사람에게 연락해야 했는데, 그게 그 사람을 힘들게 했나봐. 때로 연락이 되지 않으면 온갖 생각이 다 들었고, 네가 잘 있는지 확인하러 가야만 했어. 옛집에서 우리가 다시 만났을 때, 너는 내게 냉담했지. 마치 내가 너를 버리기라도 했다는 듯이. 그러면서도 그 상황이 혼란스러운지 그 사람과 나 사이에서 눈치를 봤어. 못 본 사이에 너는 더 상냥해졌고, 작은 애정에도 고마워하는 개가 되어 있었어. 그건 나이가 들어서였을까, 아니면 사람에게는 언제라도 버려질 수 있겠다는 생각 때문이었을까.

네가 나의 새 아파트로 오던 날, 나는 결심했어. 필사적으로 산책하겠노라고. 너를 다시 건강하게 만들고 싶다는 생각도 있었지만, 그보다는 새로운 삶에 적응하고 싶었어. 십여 년을 함께 살았던 사람과 헤어진 일을 나는 후회하지 않아. 다만 우리 셋이 산책하던 나날로 돌아갈 수 없다는 사실만은 나를 한없이 힘들게 했지. 그래서 새로운 기억을 만들고 싶었고, 그러기에 그 아파트 단지만큼 좋은 곳은 없었어. 나무들의 둥치에 붙은 이름표를 하나하나 읽으며 나는 지난날들과 작별할 수 있었어. 그렇게 이제는 무엇도 그립지 않은 저녁들이 찾아왔지.

그 사람에게 연락한 건 그로부터 몇 년이 지난 10월의 하순이었어.

"지금 궁금이가 많이 아파."

그게 무슨 뜻인지 그 사람은 금방 알아차렸지. 잠시 말이 없었어.

"내가 잠깐 가도 돼?"

그 당연한 말이 고마워 눈물이 났어.

그 사람은 네가 더이상은 껑충껑충 뛰며 자신을 반기지 못한다는 사실에 충격을 받은 것 같았어. 하지만 내가 보기에 너는 최선을 다하고 있었어. 그 사람을 쳐다보며 꼬리를 흔들었으니까. 그 사람은 네 등을 어루만지며 "괜찮아?"라고 물었고, 너는 또 꼬리를 흔들었지. 네가 어떤 생각을 하는지 그대로 느껴질 때가 있어. 무엇을 보고, 냄새 맡는지까지도. 죽은 뒤에도 네 마음이 느껴지는 순간이 있었어. 그럴 때면 내가 미친 사람이라도 된 듯한 기분이 들었지만, 그렇지 않다고 수의사는 말했었지. 개와 사람 사이에 그런 관계가 형성되기도 한다고. 그런 관계라니. 그토록 사랑했던 사람에게서도 느껴보지 못한, 그런 관계라니. 그 밤에 너는 다시, 세상 모든 것이 궁금한 불굴의 강아지가 되었지. 우리 셋이 함께 살던 시절의 강아지로 돌아간 거야. 그런 몸으로 나와 그 사람을 바라보고 있었어. 몸속에 어떤 악성종양도 없다는 듯이 말이야.

다음 날, 나는 그 사람에게 전화했어.

"어쩌면 궁금이는 우리 둘이 같이 있는 게 보고 싶었던 것인지도 모르겠어."

그렇게 너는 떠났지.

5

"나무는 저마다 다른 나무인데 하나의 이름으로만 부르니까 이런 일이 일어나는 게 아닐까요? 오늘 우리는 은행나무니 향

나무니 하는 이름 말고 그 나무만의 이름을 찾아주기 위해 여기 모였습니다.”

스무 명 남짓한 사람들이 철거가 예정된 아파트 단지에 모였을 때, 그 모임을 주도한 이가 말했어. 우리는 ‘나무 이름 부르기’를 하려던 참이었지. 여름 저녁이면 더위를 피해 밖으로 나온 주민들, 산책하거나 배드민턴을 치는 가족들, 끼리끼리 몰려다니며 놀던 아이들, 멀리서부터 짖어대는 개들이 한데 어울려 북적대던 길에는 이제 우리뿐이었어. 다들 어디로 간 것일까? 재개발로 그 아파트 단지에서 자라던 몇천 그루의 나무들이 하나도 빠짐없이 베어질 운명이라는 걸 아는 사람이 우리뿐인가? 문득 외롭다는 생각이 들었지만, 바로 다음 순간 그렇지 않다는 것을 알게 되었지. 새소리가 들렸거든. 거긴 여전히 북적대고 있었어. 새들로, 나무들로, 곤충들로, 그리고 우리의 기억들로. 그렇게 작은 숲은 그대로였어. 사라진 건 사람들뿐이었던 거야.

우리는 한 사람씩 각자 기억하고 있는 나무를 찾아 그 앞에서 사연을 이야기했어. 어느 여름, 매미의 허물을 발견한 곳이라든가, 떨어진 은행을 밟아 며칠 동안 냄새가 지독했던 길이라든가, 일 나간 엄마를 기다리며 서 있던 나무에 대한 이야기들. 나무에 얽힌 이야기를 사람들에게 들려준 뒤에는 이름을 붙였어. 내 생에 가장 빛나던 나무. 내 유년기의 친구. 우리들 나무. 나의 신령님. 마지막 흔적들. 이름을 붙인 뒤에는 다 같이 나무의 이름을 큰 소리로 외쳤어.

나도 곰인형을 들고 마로니에 아래에 서서 이야기했지.

"이 친구의 이름은 딸랑이예요. 어느 해 여름, 이 나무 아래에서 발견했습니다. 그때 딸랑이는 땅속에 묻혀 있었는데, 함께 살던 궁금이가 흙을 파헤쳐 딸랑이를 꺼냈지요. 딸랑이를 묻은 친구도 혹시 나올까 싶어 이 모임에 와봤는데요, 그 친구에게 제 말이 가 닿았으면 합니다. 보시다시피 지금도 딸랑이는 살아 있어요."

나는 딸랑이를 흔들었고, 방울 소리가 났지. 그 소리에 다들 웃었어. 뒤늦게 어떤 깨달음이 밀려오더라. 아, 이 소리를 듣고 너희도 그때 웃었겠구나.

"이 나무의 이름은 무엇인가요?"

모임을 꾸린 이가 내게 물었어. 그래서 바로 대답했지.

"이 나무의 이름은 궁금이와 함께 웃는 나무입니다."

우리는 한 목소리로 "궁금이와 함께 웃는 나무"라고 이름을 외쳤어.

어쩌면 궁금이와 함께 웃는 나무도 거기에 사람들이 모여 있는 걸 보고 싶었던 것인지도 모르겠어.

• 이 소설은 이성민의 다큐멘터리 〈우리가. 있는 곳에. 나무가.〉에서 모티프를 얻어 쓰여졌습니다.

여름의 마지막 숨결

여러 여름들이 잊히지 않는다. 그중에서 가장 기억에 남는 건 1984년의 여름이다. 그해에 나는 중학생이 됐다. 2월, 중학교 배정을 받기 위해 그간 다닌 초등학교를 찾아가니 지난 육 년의 시간이 한평생처럼 느껴졌다.

그렇게 하나의 일생이 끝나고 중학교 신입생으로 나는 환생했다. 교실은 물론이고 책상이며 칠판, 분필까지도 초등학생 때와는 달랐다. 반 아이들은 대부분 내가 한 번도 가보지 못한 동네에서 살고 있었다. 화성인, 목성인 들과 같은 학교를 다닌다면 그런 기분이었을까.

지구인이 난생처음 다른 행성의 주민들과 생활한다면 어떤 일이 벌어질까? 나는 그 일을 중학교 1학년 때 이미 경험했다. 모르긴 해도 그들은 매일 싸울 것이다. 외계인에게도 성별이 있는지 궁금하지만, 적어도 남자들이라면.

우주적인 비유를 들었지만 결국 남자중학교 1학년 1학기 교실은 원숭이 우리와 비슷하다는 말이다. 서열을 정하기 위해 그들은 매일 싸움을 벌인다. 싸움의 순서는 잘 싸울 것처럼 보이는 아이들부터다. 그렇게 서열이 정해지면서 3월 말이 되면 중위권과 하위권까지 차례가 돌아온다.

애들은 싸우면서 크는 거야. 어릴 때부터 많이 듣던 말이다.

다 거짓말이다. 우리는 싸우면서 쪼그라든다. 서열에 복종하는 법을 배우게 되니까. 나는 일찌감치 싸움 서열에서 빠졌다. 스스로 나왔다기보다는 탈락했다는 말이 더 맞겠다. 타고난 몸이 싸움에 적합하지 않았다. 하지만 그런 나 역시 1984년 3월 하순에는 누군가와 뒤엉켜 교실 바닥을 굴러야 했다.

그건 쓰나미 같은 것이다. 좋고 싫고, 그런 게 없다. 그저 휩쓸릴 뿐이다. 그렇게 중학생들은 쪼그라든다.

봄이 끝날 무렵, 드디어 교실은 조용해졌다. 질서가 잡힌 것이다. 싸움은 서열도 정했지만, 동급생의 성향을 파악하는 데도 도움이 됐다. 어떤 아이는 용감했고, 어떤 아이는 비겁했다. 현명한 친구도 있었고, 멍청한 놈도 있었다. 그중 한 친구가 눈에 들어왔다. 나는 한 번이라도 싸울 수밖에 없었지만, 그 친구는 싸우지 않았다. 그럼에도 쪼그라든 느낌이 전혀 없었다.

"나는 비폭력주의자야."

무슨 이야기인가를 나누던 끝에 그 친구가 말했다. 그 말이 너무 멋있게 들려 집에 돌아가면서 나는 몇 번 중얼거려봤다. "나는 싸움을 잘 못해" 같은 말에 비해 훨씬 근사했다. 나도 비폭력주의자가 되기로 했다. 더 정확하게 말하자면, 남들 앞에서

“나는 비폭력주의자야”라고 말할 수 있는 사람이 되기로 했다.

그 친구는 외국 노래를 좋아했다. 그것도 멋있었다. 나는 그 애의 모든 게 좋았다. 자연스럽게 팝송을 좋아하게 됐다. 그 친구를 중심으로 팝 음악을 좋아하는 친구들이 모여들었다. 1984년은 명반이 쏟아져나온 해였다. 프린스의 〈Purple Rain〉, 브루스 스프링스틴의 〈Born in the USA〉, 마돈나의 〈Like a Virgin〉 등이 모두 그해에 나왔다. 좋다는 음반은 다 찾아 들었다. 지금 생각하면 놀라운 일이 아닐 수 없었다.

당시에는 구독제 스트리밍 서비스 같은 건 없었으므로 모두 음반을 사서 들어야 했는데, 집에서 받는 용돈으로는 일주일에 새로 나온 카세트테이프 하나도 살 수 없었다. 그 친구의 집에는 꽤 괜찮은 컴포넌트 오디오가 있었다. 그 친구의 제안으로 우리는 각자 LP를 산 뒤, 카세트테이프에 복사해 나눠 가졌다. 물론 녹음이 끝난 LP는 구입한 사람에게 돌려줬다.

내게 LP 플레이어가 생긴 건 대학생이 되어 서울에서 생활할 때였다. 중학교 때 산 LP 중에는 브라이언 아담스의 〈Reckless〉가 있었다. 그뒤로는 들어본 적이 없었기에 레코드판은 처음 샀던 그대로 깨끗하게 남아 있었다. 〈Run to You〉 〈Heaven〉 〈Somebody〉 등 히트곡들을 듣고 나서 뒤집었더니 〈Summer of' 69〉가 흘러나왔다.

> 나는 진짜 기타를 처음 손에 넣었지.
> 오 달러 십 센트에 샀지.
> 손가락에서 피가 날 때까지 기타를 쳤어.
> 69년 여름의 일이었지.

1969년 여름도 지나갔고, 1984년 여름도 지나갔다. 나를 둘러싼 모든 것이 변해갔다. 그럼에도 그 레코드판은 그 시절의 상태 그대로, 조금도 훼손되지 않은 노래를 들려주고 있었다. 그 노래를 들으니 지난 시절이 미치도록 그리웠다. 이렇게 빨리 나이가 들 수는 없다는 생각이 들었다. 그렇게 나의 마음은 조금씩 무너졌다. 그로부터 수십 년이 흐른 지금, 나는 이십대 초반의 나에게 괜찮다고, 그렇게 바뀌어가고, 마음이 무너져도 괜찮다고 말해주고 싶다.

1984년의 그 여름을 떠올리면 여전히 가슴이 설렌다. 그해 여름이 시작되고, 장마가 지나간 뒤에도, 우리는 매일매일 시내에서 다리를 건너 학교에 갔다. 반년 새 우리는 초등학생 티를 완전히 벗었다. 남자들만의 학교에 다닌다는 게 무슨 의미인지 우리는 확실하게 깨달았다.

어느 오후, 수업이 끝난 뒤 각자 자전거를 타고 집으로 돌아가는 길이었다. 무척 더웠던 모양이다. 그 친구가 수영하러 가자고 제안했다. LP를 사서 나눠 듣자는 말을 들었을 때처럼 다들 좋아했다. 하굣길이니 당연히 수영복은 없었다. 우리는 빨가벗고 물속으로 뛰어들었다. 경부선 철교 아래, 수심이 깊은 곳이었다. 차가운 물속으로 뛰어들 때의 그 느낌은 지금도 생생하다. 1984년 여름, 내 몸을 감싸던, 다리 아래의 검고 차가운 물.

이 년 뒤, 고등학교 입시를 위해 야간자습을 마치고 돌아가는 길에 그 친구를 따라 다시 그 철교 밑으로 간 적이 있었다. 밤이었지만, 멀리 시내 쪽의 불빛이 환해 어둡지 않았다. 이 년 사이 친구에게는 여러 가지 변화가 생겼다. 그렇게 좋아하던 반 헤일런이 새 앨범을 낸 줄도 모르고 있었다. 그 앨범 커버에서 반 헤일런의 로고가 새겨진 구체를 받치고 있는 사람처럼 친구는 사춘기의 고뇌를 짊어지고 있었다.

단지 덩치가 크고 말을 안 듣는다는 이유로 그 친구는 일 년이 넘도록 몇몇 애들에게 집단괴롭힘을 당했다. 그러다가 어느 날 그애들 중 가장 힘센 아이와 하루 종일 싸웠다. 우리는 둘이 싸우는 모습을 지켜봤다. 쉬는 시간마다 이어진 싸움은 점심시간에도 결판이 나지 않아 수업이 끝난 뒤까지 계속됐다. 당연히 나는 그 친구가 이기기를 바랐다.

놀랍게도 내 바람은 이뤄졌고, 우리를 괴롭히던 아이들은 더 이상 말썽을 부리지 않았다. 그러나 그 싸움 뒤로 친구는 완전히 다른 사람이 됐다. 내게는 여전히 다정했지만, 다른 학교의 싸움꾼들과 어울려 다니기 시작했고, 여자애를 사귀었다. 그 모습에 나는 실망했다. 나는 사랑하는 사람을 잃은 것처럼 슬펐다.

그날 다리 밑까지 함께 간 친구들은 담배를 나눠 피웠다. 그러려고 어두운 철교 밑으로 간 것이었다. 그 친구는 내게도 담배를 건넸다. 마치 브라이언 아담스의 앨범을 복사한 카세트테이프를 건네듯이. 나는 뒤로 물러섰다. 그러자 어둠 속의 아이들이 깔깔 웃었다. 친구들이 피우는 담배 불빛이 어둠 속에서 빨갛게 타들어갔다.

그 어둠 속에서도 시냇물은 쉬지 않고 흘렀으리라. 눈물이 날 것만 같은 밤이었지만, 나는 울지 않았다. 그렇게 우리는 각자의 방식대로 조금씩 변해갔다.

젊은 연인들을 위한
놀이공원 가이드

회전목마가 불빛을 반짝이면서 천천히 돌아가고 있었다. 마치 회전목마를 돌리는 것이 멜로디의 힘이라는 듯, 실로폰 소리가 힘차게 울려퍼졌다. 해가 저물며 놀이공원을 빠져나가는 사람들의 머리 위 하늘빛이 짙푸르러졌다. 조금 더 시간이 흐르면 하늘은 검게 물들겠지만, 아직까지는 푸른빛이었다.

그 하늘을 배경으로 회전목마의 지붕에 늘어지듯 매달린 전구들이 반짝였다. 노란색, 빨간색, 초록색. 반짝반짝. 그렇게 우리 생의 한때가 과거 속으로 빠져나가고 있었다.

"오늘 야간개장한다고 했지?"

재연이 지수에게 물었다.

"응. 밤 아홉시까지라는 것 같아."

"그럼 조금 더 놀다가 가자."

그 말에 지수의 표정이 조금 어두워졌다. 아침부터 지금까지, 지수는 지쳐 있었다. 지수는 놀이공원에 온 게 처음이었다. 재연이 아니었다면 아마도 평생 오지 않았을 것이다.

"많이 나갔는데도 아직 사람들이 많다, 그치?"

지수가 말했다.

"그래서 이제 조금은 살겠는데."

그렇게 말하며 재연은 놀이공원 안내판 앞으로 다가갔다. 거대한 나무판에 그려놓은 안내지도에 따르면, 놀이공원에는 모두 25개의 어트랙션과 23개의 엔터테인먼트와 16개의 주토피아와 1개의 공원이 있었다. 어트랙션은 놀이기구, 엔터테인먼트와 주토피아는 이런저런 쇼를 뜻했다.

"이것 좀 봐. 아직 우리가 안 가본 데가 이렇게나 많아. 우리 다 가보자."

재연이 말했다. 지수의 눈에는 그 안내판이 세상의 지도인 양 광활하게만 보였다. 두 사람은 그중 일부만을 가봤을 뿐이다.

"그런데 저 지도에 빠진 게 있어."

"뭐?"

"놀이공원에는 저런 것들만 있는 게 아니잖아. 25개의 보어덤과 23개의 디스어포인트먼트와 16개의 다크니스 같은 것들도 있다고 봐야지. 보어덤은 놀이기구를 타기 위해 기다려야 하는 지루한 시간들을, 디스어포인트먼트는 기대한 만큼 재미가 없는 쇼를 끝까지 봐야 할 때의 실망감을, 그리고 다크니스는 인파에 밀려 옴짝달싹하지 못할 때의 캄캄한 마음을 뜻하지. 그것들은 놀이공원의 숨겨진 진실이라고 할 수 있어."

다시 헤어지는 한이 있더라도 할 말은 해야겠다고 지수는 생각했다. 세상에 놀이공원에 가는 문제로 헤어지는 연인이 있을 줄은 몰랐다.

지수의 말에 재연은 골똘하게 생각에 잠겼다. 그러는 동안에도 해가 서쪽의 산 너머로 조금씩 넘어가는 기색이 느껴졌다.

"네 말도 옳아. 물론 그럴 수 있어. 하지만 세상의 모든 놀이공원들이 그걸 왜 안 밝혀놓는지 알아?"

"그래야 사람들이 기대를 품고 놀이공원에 올 테니까."

"그것도 옳아. 하지만 반쯤만 옳아. 첫째, 기다리고 지루하고 어두운 순간들이 있다고 하더라도 놀이공원에서는 아무것도 안 하는 것보다는 뭐라도 하는 게 더 좋기 때문이지."

"그렇더라도 다 좋을 리가 없잖아. 세상에는 해봤자 별로인 일들도 너무 많아."

어이가 없다는 듯 지수가 말했다.

"맞아. 막상 해보니까 별로인 일들은 너무나 많아. 하지만 중요한 게 뭔지 알아?"

"그럼에도 해봐야 한다는 것이겠지."

지수는 재연을 잘 알고 있었다.

"그게 아니야. 원래 나는 놀이공원에 가는 걸 싫어했다는 사실이야."

"나 때문에 거짓말하지 않아도 돼. 놀이공원을 좋아할 권리는 누구에게나 있으니까."

"정말이야. 유치원 때 엄마 아빠를 따라 처음 놀이공원에 갔는데, 엄마 말이 나는 별로 좋아하지 않았다네. '내가요?'라고 되물었더니, '그래, 그때는 네가 그랬어. 사람들 많으니까 울고 불고. 그러던 네가 놀이공원 가는 걸 그렇게 좋아하게 됐다니, 내가 다 안 믿긴다' 하고 엄마가 말하더라. 어떻게 생각해?"

"나도 안 믿기는걸."

둘이 본격적으로 사귀고 나서부터 내내 놀이공원에 가자고 노래를 불렀던 재연이었기에 지수로서는 믿기지 않았다.

"당연하지. 나도 안 믿기니까. 그런데 어쩜 그렇니? 놀이공원에 간 첫날도 분명히 기억나고, 그때 내가 얼마나 신나게 놀았는지도 이렇게 선명한데, 엄마는 전혀 다르게 기억하고 있는 거야. 그러고 보니 살면서 겪는 대부분의 일들이 그런 것 같아. 머릿속에 지우개가 있어서 안 좋은 기억들은 싹 지우는 거지. 그걸 잘 아니까 놀이공원에서는 네가 말한 지루하고 실망스럽고 캄캄한 것들은 그려두지 않은 게 아닐까?"

"놀이공원 마니아다운 의견이네."

"헤어지고 나서 네 생각 많이 했어. 그런데 가만히 생각해보니까 다 네가 잘못한 일들뿐이더라. 너는 어떻게 생각하니?"

"지금 또 싸우자는 거야? 당연히 네가 잘못한 일이 더 많았지."

"그러니까, 내 말이 그 말이야."

재연이 깔깔대며 웃고는 덧붙였다.

"난 아무리 생각해봐도 네가 잘못한 일이 더 많더라고. 하지만 그것보다 더 많은 건 아주 좋았던 시간들이었어. 그러다가 나는 어떤 꿈에 대해 생각했어."

"어떤…… 꿈?"

"눈을 뜨고 꾸는 꿈. 물고기의 꿈. 혹은 청춘들이 생각하는 꿈. 어떤 사람이 되고 싶은 소망, 어떤 일이 하고 싶은 소망. 그래서 궁극적으로 사랑이든 명예든 돈이든 원하는 것을 가지게 되는 일. 하지만 자유이용권이 손에 있어도 지루한 시간과 실망감과 캄캄한 심사만을 맛보고 있는 거지. 그런 것들을 참아야만 원하는 꿈을 이룰 수 있는 사람처럼. 그런데 이건 인내심의 문제가 아니라 꿈에 대해 우리가 뭔가 잘못 생각하고 있기 때문이 아닐까? 홈쇼핑에서 '꿈'이라는 상품을 출시한 기념으로 반값에 팔기에 주저하지 않고 구입했다가는 사용해보지도 않고 반품하는 사람처럼."

"포장에 속았다면 그럴 수 있겠지만."

"그렇다고 하더라도 그 사람이 주문한 건 포장지가 아니라 그 안에 든 물건이고, 나아가서는 그 물건을 사용하는 시간들이잖아. 뜯어보지도 않고 반품한다는 건 포장지를 반품한다는 소리지. 내 말이 무슨 뜻인지 알겠어?"

"그러니까 네 말은 자유이용권을 손에 쥐고 지루함과 실망감만 즐기고 나갈 수는 없다는 뜻이잖아. 네가 그렇게나 좋아하는데, 조금은 같이 시간을 보낼 수 있어. 내 머릿속의 지우개도 잘 작동하겠지."

"그게 아니야. 네가 어떤 사람이 될 수 있는지 아직 확인하지 못했으면서 판단부터 내리며 헤어지자고 말하지 말았어야 했다는 뜻이야. 놀이공원에서 조금 일찍 나간다고 해서 나쁜 기억으로 남을 리는 없어. 우리가 서로 사랑하는 한에는. 이제 나가자."

재연이 지수의 손을 잡아끌었다. 재연이 있다면, 지수는 얼마든지 긴 줄을 견딜 수 있었다. 재연이 말하는 지우개가 없다고 해도. 그러니까 놀이공원의 안내지도는 사랑에 빠진 청춘들을 위한 것이었다. 자유이용권이 있다면 자유롭게 이용하기를. 자유롭게 이용하지 못하는 순간을 불평하면서 보내지 말고. 혹시 그런 마음이 든다면, 사랑이든 일이든 꿈을 가져보기를. 꿈이 없는 사람의 자유이용권은 25개의 보어덤과 23개의 디스어포인트먼트와 16개의 다크니스를 맛보는 티켓에 불과할 테니까. 이 삶은, 오직 꿈의 눈으로 바라볼 때, 다른 불순물 없이 오롯하게 우리의 삶이 된다.

첫여름

낯선 여름이었다. 모두가 마스크를 쓴 채 여름을 난 것은 그때가 처음이었다. 게다가 날씨마저 이상해 기상관측 이래 가장 긴 장마가 찾아왔다. 비는 내렸다 하면 억수같이 쏟아졌다. 그보다 더 큰 재앙이 올 거라는 예언이 인터넷을 떠돌았고, 거기에 호응하듯 전염병은 더욱 번져갔다. 확진자가 급속히 늘어나자 수도권의 식당과 주점은 저녁 아홉시까지로 영업시간이 제한됐다. 팬데믹 이후 첫번째 여름은 그렇게 끝나가고 있었다.

그 여름이 지나는 동안, 나는 생각날 때마다 그 사진을 꺼내 들여다봤다. 사진 속에서 엄마는 한 소녀와 함께 서 있다. 엄마의 표정은 환하지만, 소녀는 좀 찡그린 얼굴이다. 엄마는 발목까지 내려오는 원피스에 카디건을 걸치고 있고, 소녀는 파란색 무늬가 들어간 점퍼에 바지 차림이다. 컬러가 유난히 선명해 엄마의 피부색은 창백하고 입술은 새빨갛다. 두 사람 뒤에는 촉석루가 서 있다.

지금의 나보다 훨씬 젊은 시절의 엄마지만, 어리다는 생각은 전혀 들지 않는다. 엄마와 나의 삶은 같은 시간으로 묶여 있으므로 그 사진을 볼 때마다 나의 한 부분은 아주 오래전, 내가 태어나기 전의 시간으로 돌아간다. 그럴 때마다 나는 내가 어떻게, 그리고 왜 이 세상에 태어났는지를 알게 된다. 그리고 첫

여름에 우리가 할 일이 무엇인지에 대해서도.

진주의 한 서점에서 연락이 온 건 사람들이 차츰 첫여름에 적응해나가던 7월 초, 그러니까 내가 새 장편소설을 펴낸 직후였다. 서점 주인이라고 자신을 소개한 전화 속 목소리는, 이런 상황에서 대면 행사를 해도 좋을지 염려되긴 하지만, 최대한 방역수칙을 지켜가며 새 소설에 대해 직접 들어보는 자리를 마련하고 싶다고 했다. 처음엔 거절할 생각이었다. 어떻게든 조심해야 할 시기에 굳이 독자와 만나야 할 이유를 찾기 어려웠다. 그런 눈치를 챘는지 서점 주인은 뜻밖의 이야기를 꺼냈다.

"올봄에 어머님이 돌아가셨다는 뉴스를 봤습니다. 비록 장례식장에 찾아뵐 수는 없었지만 멀리서 명복을 빌었습니다. 오래전에 그분을 여기 진주에서 뵙고 큰 도움을 받은 적이 있거든요."

엄마가 세상을 떠난 것은 고향의 한 종교단체에서 코로나 확진자들이 급증했던 지난봄의 일이었다. 다들 병원 출입은 고사하고 외출마저 꺼리고 있었으므로 굳이 부고를 알릴 만한 상황이 아니기도 했고, 엄마의 당부도 있어 가족끼리 조용히 장례를 치렀다. 하지만 한 달 뒤 뒤늦게 부고 기사가 나갔다. 마치 엄마의 죽음이 코로나 시대의 비극 중 하나인 양 오도해서. 기사에서 엄마는 1970년대에 반짝 활동하다 사라진, 잊혀진 여배우로 소개되어 있었다. 나는 기억을 더듬어봤다. 하지만 엄마에게서 진주에 대한 이야기를 들은 기억은 떠오르지 않았다.

"그게 언제쯤인가요?"

내가 물었다.

"1977년이에요. 제가 열다섯 살 때. 맞죠, 1977년이? 아니, 1978년인가?"

그렇다면 나보다는 열다섯 살은 나이가 많을, 그 서점 주인이 말하려고 하는 게 뭔지 알 것 같았다. 그녀는 내가 태어난 해를 묻고 있었다.

"살아 계실 때 꼭 한 번은 그분을 뵙고 고맙다고 말씀드리고 싶었는데, 그러지 못했어요. 어디 계신지 알 수가 없었거든요. 작가님이 아드님이라는 것도 이번에 알았어요. 그런데 마침 새 책도 나왔고, 드릴 것도 있고 해서……"

주고 싶은 게 뭐냐고 묻자, 그녀는 사진이라고 했다. 오래전, 진주에 온 엄마와 사진을 찍었는데 그 사진을 내게 주고 싶다는 것이었다. 그렇다면 진주까지 갈 것 없이 전화로 사정을 듣고 사진도 스마트폰으로 전송받으면 될 일이었지만, 나는 자세한 이야기는 직접 만나 들려주겠다는 그녀의 말에 순순히 따르기로 했다. 사진의 실물이 보고 싶었다. 어쩌면 엄마가 남겨놓은, 몇 안 되는 사진 중 하나일지도 모르니까.

돌아가시고 난 뒤에야 나는 엄마에 대해 아는 게 그다지 많지 않다는 사실을 깨달았다. 살아 계셨을 때 더 많은 이야기를 들었어야 했다는 후회가 뒤늦게 밀려왔다. 그러나 여쭤봤어도 엄마가 당신 이야기를 많이 했을 것 같지는 않다. 젊은 시절 엄마가 몇 편의 영화에 출연한 적이 있다는 사실은 여러 사람에게서 들은 바 있다. 꽤 유명했다고 추켜세우는 사람도 있었고, 본격적으로 배우 생활을 시작하기 전에 그만뒀다는 사람도 있었지만, 어느 쪽이 맞는지는 알 수 없었다. 마치 기억을 잃어버린 사람처럼, 엄마는 그때의 이야기를 한 번도 들려주지 않았다.

내가 아는 엄마의 인생은 대구로 내려가 외갓집의 도움으로 의상실을 차린 이후부터 시작된다. 결코 평범한 삶이라고는 볼 수 없었지만 엄마는 미혼모 생활에 적응했고, 적어도 겉으로는 늘 씩씩했다. 덕분에 나 역시 불행과는 거리가 먼 유년을 보냈다. 그 말은 어린 시절, 엄마가 비정상을 향한 사회의 질시로부터 나를 최대한 보호했다는 뜻이기도 할 것이다. 내게는 부족한 게 하나도 없었다. 처음부터 없었던 것에 대해 새삼스레 결핍을 느낄 리는 없으니까. 내겐 아버지가 꼭 그런 존재였다. 그러나 그 상태는 그리 오래가지 않았다. 나에게는 없는 게 친구에게는 있다는 것을 알게 되면서 행복한 아이는 더이상 행복할 수 없게 되었다.

언젠가 엄마의 의상실에서 낯설다고도 낯익다고도 할 수 없는 사람들을 본 적이 있었다. TV에서 보던 연예인들의 얼굴을 실제로 보니 신기하기만 했다. 엄마는 그들에게 데면데면했다. 낯선 사람에게도 스스럼없이 대하던 평소의 태도와는 너무 달랐다. 어딘가 겸연쩍은 듯한 표정이었달까. 반면 그들은 마치 어제 다녀간 사람들처럼 살가웠다. 한 여자는 내 머리를 쓰다듬으며 아는 체를 했다. 여자는 뒤에 서 있는 남자들을 돌아보며 "벌써 이렇게나 컸네"라고 말했다. 그녀의 서울말은 마치 노랫소리처럼 들렸다. 혼선이 심한 라디오에서 들려오는, 엄마와 내가 사는 이 세상이 아닌 다른 세상에서 들려오는 그런 노랫소리 같았다.

엄마와 나만의 우주 말고 다른 우주가 있다는 사실을 깨달으며 사춘기가 시작됐다. 엄마의 말에 어깃장을 놓고, 흡연이나 음주처럼 하지 말라는 짓만 골라 하는 동안에도 내 안에서는 여러 의문이 맴돌았다. 인생의 목적은 무엇일까? 어떻게 사는 것이 잘 사는 것일까? 죽고 난 뒤에 인간은 어떻게 되는 것일까? 나는 어떻게 태어난 것이며, 또 왜 태어난 것일까? 그 의문들은 엄마가 공들여 가꾼 만족의 삶을 조금씩 갉아먹었다. 그러다가 모든 것을 뒤흔드는 의문 하나가 나를 사로잡았다. 그날 찾아온 남자 중에 아버지가 있었던 건 아닐까? 그러나 나는 그 의문을 엄마에게 말하지 않고 마음속 깊은 곳에 꼭꼭 묻어두는 것으로 우리의 우주가 완전히 붕괴되는 일만은 막을 수 있었다.

엄마의 장례를 치르고 다시 작업실 책상 앞으로 돌아온 나는, 5월 말이 되어서야 오랫동안 써온 장편소설을 마침내 탈고할 수 있었다. 그제야 엄마가 살던 대구 집을 정리할 시간이 생겼다. 대학에 입학한 내가 집을 떠난 뒤로 엄마는 지속적으로 살림을 줄여왔다. 절에 다니며 참선을 하고 요가를 배우기 시작한 것도 그즈음의 일이었다. 주말에 집에 내려가면 식탁 위에는 법정 스님의 책이나 명상서적이 놓여 있곤 했다. 내가 취직만 하면 엄마가 이 생에서 할 일은 다 한 거라는 식의 말을 하기도 했다. 나는 그런 말들이 듣기 싫었다. 그럴 때면 내가 엄마에게 굴레라도 된 듯한 기분이 들었다.

그러나 불만보다는 불안이 더 컸다. 저러다 진짜 절에라도 들어가면 어쩌나 싶었으니까. 내가 취직한 뒤 엄마의 살림살이는 더욱 간소해졌다. 옷도 몇 벌, 식기도 몇 벌. 물건이 줄어드는 만큼 마음은 더 넓어진다고 엄마는 말했지만 내가 알던 엄마는 조금씩 지워지는 기분이었다. 그렇게 나는 나대로, 엄마는 엄마대로 각자의 삶을 이십여 년 살아냈다. 엄마에 대해, 엄마의 내밀한 삶에 대해 내가 아는 게 그다지 많지 않은 건 당연한 일이었다.

엄마는 어떤 사람이었을까. 간소한 살림살이임에도 치울 엄두가 나지 않아, 나는 식탁에 앉아 중얼거렸다. 낯설지만 낯익은 방문객들이 엄마의 의상실을 다녀가고도 꽤 오랜 시간이 흐른 뒤, 나는 그들 중 한 명을 만날 수 있었다. 그 사실을 나는 엄마에게 말하지 않았다. 몇 번 말할 기회가 있었지만, 말할 수 없었다. 하지만 엄마는 그 사실을 짐작하고 있었으리라는 생각이 문득 들었다. 그렇다면 내가 서울에서 생활한 뒤로 한 번쯤은 내게 아버지를 만난 적이 있느냐고 물어볼 수도 있었을 것이다. 그럼에도 엄마는 묻지 않았다. 그러자, 그래서는 안 된다고 생각하면서도 갑자기 나는 서운해졌다. 내가 손댈 것도 없이, 남길 것만 남겨놓고 싹 다 치워놓은 집을 보니 더욱 그랬다. 엄마는 어떤 사람이었을까.

행사가 끝난 뒤, 서점 주인은 나를 시장 골목 초입에 있는 제일옥이라는 국밥집으로 안내했다. 육십 년 넘게 자리를 지키고 있는 오래된 가게라고 했다. "이모는 몰랐지만, 저는 금방 그분을 알아봤어요"라며 서점 주인이 본격적으로 이야기를 꺼낸 건 국밥을 다 먹고 난 뒤였다. 가난한 농부의 딸로 태어나 중학교를 마치고 외가 쪽 친척이 운영하는 여관에서 일할 때였다니, 아직 어린 소녀에게 여관 일이 육체적으로나 정신적으로 얼마나 힘들었을지 짐작이 갔다.

그녀의 유일한 낙은 어쩌다 쉬는 날 극장에서 영화를 보는 것이었다. 그 시간 동안은 힘든 청소나 빨래, 투숙객들의 불쾌한 농지거리에서도 벗어날 수 있었다. 그런 그녀 앞에 스크린 속에 있을 것 같은 사람, 그러니까 극장에서 본 배우가 나타난 것이다. 그런데 먼 친척인 여관 여주인—그녀는 이모라고 불렀다—은 오늘 아무도 찾아오지 않는다면 그 손님에게 반드시 무슨 일이 생길 테니 잘 감시하라고 말했다. 딱 보면 안다는 것이었지만, 그녀는 프런트에 앉은 이모가 투숙객들이 외부로 전화할 때마다 그 내용을 엿듣는다는 것을 알고 있었다. 그 배우의 통화도 엿들은 것이 틀림없었다.

이모가 장담한 대로 밤이 될 때까지 그 손님의 객실로 찾아오는 사람은 아무도 없었다. 아홉시가 지날 무렵, 이모는 그녀에게 손님의 방을 찾아가 불편한 점은 없는지 물어보라고 시켰다. 그녀는 손님이 이부자리에 누워 있다고 이모에게 말했다. "그리고 또?" 이모가 물었다. "잠을 잔 것 같지는 않고…… 그러고 보니 머리맡에 약봉지 같은 것이……"라고 그녀가 말하자, 이모가 소리쳤다. "그렇다니깐! 딱 보면 안다니까!" 이모는 입을 가리고 소리를 죽이며, 당장 술상을 차려 그 방에 서비스라며 넣어주라고 했다.

"이쯤이면 그 남자가 안 오는 게 확실하니까, 네가 가서 그 여자한테 어떻게든 술을 먹여. 그리고 무엇이든 말하게 해. 다 토해내게 해. 질질 짜게 만들든 웃게 만들든 어쨌든 제풀에 지쳐 쓰러지게 하란 말이야. 오늘 밤만 넘기면 되는 거야. 알았지?" 이모가 말했고, 그녀는 고개를 끄덕였다. 그녀는 그 배우를 위해 최선을 다하기로 하고 술이며 안주를 챙겨 객실로 찾아가 문을 두들겼다.

그뒤의 이야기는 이모에게서 들었다고 한다. 한 시간쯤 뒤, 엉엉 우는 소리가 들려 프런트에 있던 이모가 옳다구나 싶어 객실 문에 귀를 대고 들어보니 뭔가 좀 이상했다. 이모가 문을 두들겨 안으로 들어가보니 여자 손님은 멀쩡한데 눈물범벅이 된 건 그녀였다고. "아니, 손님은 술을 하나도 안 잡수었소? 어찌 그리 멀쩡해요?" 자신이 살아온 내력이며 신세한탄을 늘어놓는 그녀를 민망한 듯 잡아 일으키며 이모가 말하자, "얘한테도 얘기했지만, 저는 지금 술을 마시면 안 돼요"라는 대답이 돌아왔다고 한다.

그날 밤, 여관 주인이 걱정할 만한 일은 일어나지 않았다. 다음 날 아침, 그 손님은 이모에게 허락을 받은 뒤 술로 머리가 아픈 그녀를 데리고 밥집, 그러니까 서점 주인과 내가 저녁을 먹은 제일옥에 갔다고 했다. 국밥을 시켜 먹으며 손님이 물었다.

"어제는 왜 술상을 봐온 거니?"

머리를 박고 국물을 떠먹던 그녀가 말했다.

"죄송해요. 뱃속에 아기가 있는 줄도 모르고. 잘못했습니다."

"아니야, 잘못한 건 나지. 술상을 봐오길래 미성년자일 거라고는 미처 생각을 못했네. 왜 그랬어?"

손님의 말에 그녀는 가만히 있었다. 남의 통화를 마음대로 엿듣는 이모가 시킨 거라고, 손님이 자살하지 못하도록 술을 먹이라고 했다고는 말할 수가 없어서 그녀는 이렇게 대답했단다.

"저, 언니 알아요. 영화에서 봤어요. 그, 청춘의……"

그러자 손님의 얼굴이 환해졌단다.

"너, 나 알아? 그 영화를 봤어?"

"예. 봤어요, 언니. 언니처럼 예쁘고 멋진 사람이 도대체 왜……"

그러자 손님의 낯빛이 금세 어두워졌다고 한다.

"그러게. 다들 그렇게 생각하겠지. 그러니까 다들 아이를 떼라고 말하는 거겠지."

그런 말이 아니라 도대체 왜 자살을 하려느냐는 것이었지만, 역시 그녀는 말할 수 없었단다.

"하지만 그렇지 않아. 옥희라고 했니? 옥희야. 어젯밤에 네가 방에서 나간 뒤 밤새 곰곰이 생각해봤어. 지금까지 우리가 어떻게 살아왔는지는 하나도 중요하지 않아. 중요한 건 앞으로 어떻게 살아갈 것인가야. 과거는 다 잊어버리자. 내가 어떤 집에서 태어났고, 어떤 사람이었는지, 누구를 만나 사랑했고, 어떤 꿈을 가졌었는지는 다 잊어버리자. 대신에 오로지 미래만을 생각하기로 해. 이제까지는 과거가 지금의 나를 만들었다면, 앞으로는 미래가 지금의 나를 만들 수 있도록 말이야."

"무슨 말인지 잘 모르겠어요."

그러자 손님이 그녀를 가만히 쳐다봤다.

"옥희한테는 뭐가 좋은 생각이니?"

그때까지 그녀는 한 번도 그런 생각을 해본 적이 없었단다.

"나한테는 이런 게 좋은 생각이야. 뱃속에 있는 이 아이도 이 세상에 태어나 자라면 하고 싶은 일이 생기고 사랑하는 사람을 만나겠지. 그런 생각을 하면 나는 기분이 좋아져. 넌 어떤 생각하면 기분이 좋아지니?"

"글쎄요. 저는 다시 학교 다니고 친구들을 사귀고, 그런 생각을 하면 기분이 좋아요."

그녀가 간신히 말했다.

"그래, 그런 거야. 모든 것을 다 잃어버리더라도 그 좋은 기분만은 잃지 말자고 우리 오늘 약속하자."

그렇게 말하며 손님, 그러니까 엄마가 그녀를 빤히 쳐다봤다.

"네. 지금은 머리가 깨질 것처럼 아프긴 하지만……"

그녀가 찡그리며 말했고, 손님은 웃었다.

"그날 다시는 술을 안 마시겠다고 맹세하긴 했지만 그 맹세는 깨진 지 오래고……"라고 말하며 그녀는 내게 소주잔을 내밀었다. 벌써 두 병째였다. 그녀는 그 기분 좋은 생각이 몇 년 뒤 현실이 됐을 때 제일 먼저 엄마가 떠올랐다고 했다. 그럴 때마다 엄마에게 전하지 못한 사진이 생각났다. 며칠 뒤, 촉석루 앞 사진사를 찾아가 받은 사진. 영화에서 본 배우와 찍은 처음이자 마지막 사진. 그뒤로 엄마는 어떠한 영화나 드라마에도 출연하지 않았기에 그 사진을 보낼 방법을 그녀는 찾을 수 없었다. 그러는 동안, 다시 학교에 다니게 된 그녀는 악착같이 공부해 대학까지 마치고 학교 선생님으로 일했으며, 퇴직한 뒤에는 평생 꿈꾼 대로 작은 서점을 차렸다. 우리 모두의 인생과 마찬가지로 그녀의 인생 역시 예기치 않은 일들의 연속이었다. 마치 우리의 첫여름처럼. 그럴 때마다 그녀가 생각한 건 그 아침의 일들이라고 한다. 지끈거리는 머리를 만지며 국밥을 먹은 일, 국밥을 먹으며 엄마와 얘기한 일, 그리고 진주에 왔으니 촉석루는 보고 가야겠다는 엄마의 말에 앞장서서 길을 안내한 일. 언덕을 오르는 동안, 그녀와 엄마 쪽으로 바람이 불어왔는데, 그 느낌이 어제 일처럼 생생하다고 그녀는 말했다. 마치 지금도 그 바람을 맞고 있는 사람처럼 눈을 감더니 그녀는 말했다. "그럴 때마다 저는 기분이 좋아져요."

보일러

"오늘은 보일러가 계속 돌아가네."

"그러게. 그러고 보니 오늘 새벽에 어떤 일이 있었는데."

"어떤 일?"

"프런트에서 잡무를 처리하고 일어서는데 앞에 가방을 멘 노인이 서 있더라고. 말도 안 되는 일이었어."

"왜?"

"내가 호텔 프런트를 지킨 지도 벌써 십이 년째야. 이건 서비스업이야. 무슨 말이냐면, 어떤 상황에서도 낯선 사람을 환영할 수 있어야 한다는 거지. 결코 쉬운 일은 아니야. 그래서 나 같은 경우에는 바람에 예민해. 말하자면 곧 누군가 다가오리라는 느낌 같은 것인데, 그게 꼭 바람 같거든."

"인기척 같은 거구나."

"그것보다는 꽤 구체적이야. 사람마다 느낌이 다르거든. 어떤 사람은 미풍처럼 부드럽고, 어떤 사람은 태풍처럼 사나워."

"그래? 신기하네. 난 어땠어? 나를 만나기 전에도 그런 바람이 불었어?"

"물론이지. 4월 말의 건조한 바람 같은 게 느껴졌어. 조금은 훈훈하고, 조금은 낯설고. 그런데 그 바람 속에는 향기가 있더라고."

"이상하네. 처음 만났을 때는 사무적인 친절뿐이었다고 기억하는데."

"내 첫인상이 사무적인 친절뿐이었다니, 서운한데. 기적의 순간이었을 텐데……"

"기적의 순간? 그건 무슨 뜻이야?"

"그 노인의 표현이야. 계속 이야기를 해보자면, 그 노인은 어떤 느낌도 없이, 예감도 없이 나타났단 말이지."

"이미 투숙한 손님은 아니었고?"

"얼굴이 낯설더라고. 체크인과 체크아웃 사이에 존재하는 모든 투숙객의 얼굴을 나는 기억할 수 있어. 프런트에서 오래 일하다보니 저절로 그렇게 되더라. 그래서 빤히 쳐다봤지. 예약한 손님들은 모두 방으로 들어갔고, 그때는 새벽이고, 도대체 그 노인이 원하는 게 무엇인지 알 수 없었거든. 그랬더니 여기가 전평호텔이냐고 묻더군. 그래서 대답했어. 잘못 찾아오신 것 같습니다. 여기는 비즈비 에스테이트입니다. 그러자 노인이 다시 묻더라고. 내 기억으로는 이곳이 맞는데, 여기가 아니라면 전평호텔은 어디에 있단 말입니까? 그건 곤란한 질문이었어."

"왜?"

"노인과 얘기하는 사이에 혹시나 해서 인터넷에 전평호텔을 검색했는데, 그런 이름의 호텔은 하나도 나오지 않았거든. 뭐라고 대답해야 할지 모르겠어서 그냥 검색된 페이지만 쳐다보고 있었지. 그러니까 노인이 다시 묻더라. 전평호텔은 사라졌습니까? 고개를 들고 내가 그건 아니지 않을까요, 라고 대답했어. 그러니까 내 말은 존재한 것이어야 사라질 수 있는 것이지, 애당초 없었던 호텔이라면 사라질 수도 없는 게 아니지 않은가, 그런 이야기였지. 하지만 노인은 그렇게 생각하지 않는 것 같았어."

"그 새벽에 찾아와서 어디에도 없는 호텔을 찾는다면, 정신이 좀 이상한 노인이 아닐까? 치매라든가 그런 걸 의심하는 게 좋았을 텐데."

"누구라도 그렇게 생각할 거야. 하지만 나는 좀 다르게 생각해보기로 했어."

"다르게, 어떻게?"

"그러니까 따뜻하게. 자세히 보니까 노인이 떨고 있더라고. 그래서 커피숍으로 데려가 뜨거운 물을 내주었지. 물을 한 모금 마시더니 노인이 고맙다고 하더군. 뜨거운 물도 그렇지만, 전평호텔이 사라진 건 아닐 것이라고 얘기한 걸 말하는 거였어. 그런 이야기를 듣고 싶었다는 거야. 그러면서 전평호텔에 대해 얘기하기 시작했어. 사십이 년 전 신혼여행을 왔을 때 묵은 호텔이라더군."

"사십이 년 전이라면 우린 태어나기도 전이네. 그때 어떤 호텔이 있었는지 우리는 모르겠지."

"노인은 전평호텔의 모습을 꽤나 자세히 기억하고 있었어. 입구의 나무들이라든가 로비의 소파들이 놓인 모양새며 샹들리에의 생김새, 식당의 너른 창으로 내다보이는 풍경 같은 것들까지. 그러다가 저녁을 먹기 전, 막 아내가 된 사람과 호숫가로 산책 나갔던 일을 말하더라. 호수로는 땅거미가 내리고 있었다네. 호숫가를 빙 둘러 이어진 작은 산책로를 따라 둘이 걷는데, 갑자기 풀숲 너머에서 푸드덕거리는 소리가 들리더니 새들이 하늘로 날아올랐다는 거야. 저게 뭐예요? 아내가 노인에게 물었대. 노인이 보니 청둥오리들이더래. 그렇게 알려주니 아내는 놀란 눈으로 아, 저게 청둥오리구나, 라고 대답했대. 노인의 아내는 그날 청둥오리를 처음 봤다는 거야. 두 사람이 처음으로 함께 잔 것도 그날이고."

"푸드덕, 그게 처음이었구나."

"그러고는 노인이 말했어. 그런 아내가 죽은 지도 벌써 몇 년이 지났고, 자신도 이제 죽어가고 있다고. 그러면서 자신은 평생 질문들 속에 살았다고 하더라. 스스로 '질문의 공책'이라고 이름 붙인 노트를 늘 들고 다녔다면서 가방에서 꺼내 내게도 보여줬어. 거기에는 왜 나는 이토록 슬픈가, 왜 인간은 충분히 사랑받지 못하는가, 왜 시간은 이토록 빨리 지나가는가 등등의 질문들이 적혀 있었어. 그렇게 적어놓은 질문들 중의 하나가 바로 전평호텔은 사라졌는가, 였어. 그래서 내게 고맙다는 거였지. 사라지지는 않았을 것이라고 대답해주고, 또 따뜻한 물도 줘서. 그런 뜻은 아니었기에 좀 민망해진 내 마음을 아는지 모르는지 노인은 다시 이야기를 했어. 청둥오리를 보는 일도, 아내와 밥을 먹는 일도, 또 둘이서 잠드는 일도 모두 평범하기 짝이 없는 일상이었는데, 이제는 기적과도 같은 일이 됐다고."

"다르게 생각하길 잘했네. 그런 이야기도 듣고."

"그러게. 거기까지 말하고 노인은 가보겠다며 일어났어. 이 새벽에 어디로, 어떻게 가느냐고 물었더니 걱정하지 말라는 거야. 하지만 호수 이야기까지 들었는데, 걱정되지 않을 수가 없었지. 이 근처에 호수 같은 건 없으니까. 그래서 직원 휴게실로 데려가 간이침대에서 좀 쉬라고 권했어. 노인은 괜찮다고 말했지만 나는 전혀 괜찮지 않았거든. 휴게실의 불을 끄고 나와 호텔 문을 열고 밖으로 나갔어. 동트기 전의 캄캄한 새벽이었지.

생각보다 바람이 차가워서 깜짝 놀랐어. 이제 곧 겨울이 오겠구나, 그런 생각이 들더라. 추웠지만 나는 좀 더 서 있었어. 거기 내려다보이는 도시의 불빛이 호수의 물결이라면 어떨까, 싶더라. 그래서 호텔 앞 호수의 풀숲 너머로 청둥오리떼가 푸드덕거리며 날아오른다면. 그 광경을 보고 젊고 아름다운 아내가 눈을 동그랗게 뜨고 아, 저게 청둥오리구나, 라고 말한다면. 그렇게 둘만의 식사 뒤에 밤이 찾아온다면."

"그렇다면 인생을 통틀어 가장 따뜻한 밤이겠네."

"모르긴 해도."

그사이에

I

엄마가 죽은 뒤, 그는 마치 바람 부는 빈 들판에 서 있는 허수아비라도 된 듯 그해 2월과 3월, 그리고 4월로 덧없이 넘어가는 시간의 흐름을 온몸으로 가늠하고 있었다. 그렇게 서너 번 달이 차올랐다가 다시 이지러지는 동안 그는 감각적으로 다소 묵음의 상태였기 때문에 세상으로 향한 문에서 몇 발짝 뒤로 물러서 있었다. 그러다 마침내 지난겨울의 일들은 물론이거니와 불과 한 달 전의 비극조차 알지 못하는 새로운 이파리들이 순식간에 거리를 초록으로 물들이던 5월, 그는 비로소 툴루즈에 가봐야겠다고 마음먹고는 크리스마스 이후로는 연락을 끊고 지내던 은주에게 전화를 걸어 대뜸 여름휴가 때 툴루즈에 함께 가지 않겠냐고 물었다. 몇 달 만의 연락 때문인지 느닷없는 제안 때문인지, 그녀는 머뭇머뭇 툴루즈든 어디든 이번 휴가를 그와 보낼 마음은 없다고 대답했다. 그 말에 잠시 생각에 잠겼던 그는 혹시 다른 계획이 있는 것이냐고 물었고, 그녀는 구체적인 내용은 언급하지 않은 채 그렇다고 대꾸했다. 두 사람 사이에 잠시 침묵이 고였다. 그는 그사이에 그녀와 자신이 사는 세상에 안개가 자욱하게 내려앉는 광경을 떠올렸다. 강물처럼 안개가 밀려와 그녀의 발목을 점령했다가 다시 무릎을 거쳐 허리까지 차오르고, 그러다가 그녀의 상체와 얼굴마저 지워지고 나면 그로서는 다만 거기 안개 속 어딘가에 그녀가 있다는 사실만을 알 수 있겠지만, 그것도 잠시, 시간이 흐르고 나면 그 앎조차도 서서히 흐릿해지면서 그녀의 존재는 믿음의 영역으로 들어가리라. 하지만 비록 그가 볼 수는 없으나 거기 누군가 있다는 것을 아는 것과, 누군가 있다는 것을 믿는 것은 전혀 다른 얘기다. 누군가 거기 있다는 사실을 믿는다는 것은, 거기 아무도 없을 수도 있다는 사실을 안다는 뜻이기도 하니까. 바로 그런 이유로 그는 통화를 좀 더 하고 싶었다. 통화가 끊어지고 나면, 이제 그가 기억하는 은주라는 여자는 이 세상에서 완전히 사라질 것 같았다.

"삼십삼 년쯤 전에 말이야. 그때 우리는 어디에 있었을까?"

"어디에도 없었겠지."

느릿느릿, 은주가 대답했다.

"지금은 거기 있는 거잖아."

그가 진심을 다해 물었다.

"지금이야 여기 있지만, 그때는 엄마 뱃속에도 없었지."

그는 은주의 그 말이 좋았다. 그녀가 그렇게 말하는 걸 듣는 게 좋았다.

"나는 그때 툴루즈에 있었거든. 엄마 뱃속에서. 아직은 엄지만큼밖에 존재하지 못했겠지만. 내가 태어나기 전의 세계가 궁금해졌어. 그래서 툴루즈에 가려는 거야."

"그래? 엄마는 왜 거기 있었던 거야?"

"유학 중이었어."

"그럼 거기가 자기 고향이었나?"

"아니, 제주도지."

"아, 맞다. 그런데 태어나기 전의 세계가 왜 궁금해? 어차피 자기와는 아무 상관이 없는 세계인데."

"언젠가 엄마가 그런 말을 한 적이 있거든. 당신이 죽고 난 뒤의 세계가 어떤 모양일지 궁금하다고. 그 말이 갑자기 생각나면서 내가 태어나기 전의 세계가 궁금해진 거야. 그래서 툴루즈에 한번 가보려고. 물건을 정리하는데, 엄마 편지들이 잔뜩 나오더라고. 툴루즈의 주소가 적힌 항공우편 봉투들하고."

"주소지를 찾아가면 뭐가 남아 있으려나. 삼십삼 년 전에 유학 온 동양 여자를 아직도 기억하는 사람이 있을까? 뭐 타고 가?"

"응?"

"뭐 타고 가냐고."

"비행기지."

"그러니까 뭐?"

"에어프랑스."

그런 하나 마나 한 대화를 조금 더 나누다가 그들은 전화를 끊었고, 은주가 "주소지를 찾아가면 뭐가 남아 있으려나"라고 혼잣말할 때, 그도 혼자서 생각하던 것을 계속 생각했다. 그러니까 비행기를 타면 삼십삼 년 전, 그가 엄마 뱃속에 있던 시절의 장소로 이동할 수 있듯 시간을 거슬러 삼십삼 년 전으로도 되돌려 보내주는, 말하자면 타임머신 같은 기계가 있다면 어떨까 싶은, 소년 같은 몽상을. 하지만 이내, 그렇다면 자신은 태어나고 엄마는 아직 죽지 않은 세계로 가겠지, 자신은 없고 엄마만 있는 세계로 가고 싶기야 하겠는가, 그런 생각이 들었다. 죽기 전 엄마가 그에게 만약 당신이 죽고 난 뒤의 세계가 있는 게 사실이라면 당신으로서는 도저히 견딜 수 없다고 말했던 것처럼 말이다.

2

툴루즈에서 가장 인상적인 것은 장밋빛 도시라는 별명이 붙을 정도로 온통 붉은빛 일색의 건물들이 늘어선 중세풍의 좁은 골목도 아니었고, 그 지역의 특산물인 바이올렛 꽃을 가공해 만든 캔디와 향초, 차와 주정에 꽃향을 첨가한 리큐어에 이르기까지 다양한 종류의 바이올렛 제품으로 가득한 기념품가게의 보랏빛 매대도 아니었다. 툴루즈에 대해 말하자면, 그곳에서 우연히 만난 장피에르 이야기를 먼저 해야 한다. 장피에르는 툴루즈 1대학 부근을 걸어가던 그가 거리로 흘러나오는 요란한 기타 소리에 이끌려 들어간 한 라이브클럽에서 만난 사십대 후반의 엔지니어였는데, 눈이 어찌나 부리부리한지 힐끔거리기만 해도 눈동자 구르는 소리가 들리는 것 같았다. 그래서인지 왠지 선한 사람처럼 보이기도 하고 뭔가 꿍꿍이를 감추고 있는 사람 같기도 해, 그로서는 장피에르가 툴루즈를 찾아온 동양 남자의 목소리에 적극적으로 귀를 기울일 뿐 아니라 삼십삼 년 전 엄마의 흔적을 찾아나서는 여정의 길잡이를 자청하는 의도가 좋은 쪽인지 나쁜 쪽인지 얼른 파악하기 어려웠지만, 각자 좋아하는 헤비메탈 밴드가 겹친다는 사실에서 비롯된 호감과 혈액 속으로 흡수된 적지 않은 알코올이 불안과 의심 따위는 남김없이 휘발시켜버리고 말았다.

몇 년 전 교토를 여행한 뒤부터 장피에르에게 일본 문화에 대한 애정이 생겼고, 덩달아 중국과 한국에 대해서도 관심을 가지게 됐다는 사실은 이틀 뒤인 토요일 오후, 카피톨 광장에서 그를 만나 함께 엄마의 주소지를 찾아가면서 듣게 됐다. 라이브클럽 밖에서 담배를 피우며 얘기할 때, 그가 말하는 주소지를 듣고 장피에르는 그의 어머니가 무척 문학적인 분위기 속에서 생활했다고 말했는데, 그때만 해도 그는 그 말이 무슨 뜻인지 알지 못했다. 하지만 장피에르를 따라 엄마의 편지봉투에 적혀 있던 주소지에 이르고 보니, 거기는 알퐁스 도데 가를 완전히 관통해 알프레드 드 뮈세 가와 만나는 삼거리에서 좌회전한 뒤 이십여 미터를 더 가, 다시 우회전하면 나오는 이층짜리 연립주택이었다. 두 채의 주택을 서로 잇대놓은 그 집에서 자신이라는 생명체가 기원한 셈이었으니 그로서는 기분이 남다를 수밖에 없었지만, 거기까지 가서도 딱히 할 일은 없었다. 장피에르가 누른 초인종 소리에 갈색 곱슬머리의 남자가 문을 열고 나왔는데, 그들의 사정을 듣더니 자신은 거기서 산 지가 사 년도 채 되지 않아 삼십삼 년 전의 일들에 대해서는 아는 바가 없다고 했다.

그렇다면 더이상 할 말이 없을 텐데도 장피에르와 남자는 집 앞에 선 채 한국이라는 머나먼 나라에 대해, 그리고 그 머나먼 나라에서 삼십삼 년 전 어머니가 살던 집을 보겠다고 찾아온 한 남자에 대해 한참을 떠들어댔다. 두 사람이 말하는 동안, 엄마가 그 집에서 쓰고 받은 편지와 일기 들을 생각하며 그는 슬그머니 뒷걸음질쳤다. 엄마가 돌아가시고 난 뒤에도 오랫동안 그에게는 그 글들을 읽을 마음이 생기지 않았다. 스마트폰에 저장된 엄마의 사진을 보는 것과 엄마가 쓴 글을 읽는 것은 전혀 다른 느낌이었다. 사진을 볼 때는 그의 시점이었지만, 일인칭으로 쓰여진 글은 자꾸만 엄마의 시점을 그에게 강요했다. 이제는 더이상 존재하지 않는 어떤 사람의 시점을 상상하는 일은 무척이나 괴로웠다. 이 집에서 엄마는 어땠을까? 이 거리에서는? 운하 옆에서는? 플라타너스 그림자 속에서는? 이제 장피에르와 갈색 곱슬머리의 남자는, 뭔가 다른 문제, 예컨대 임박한 대통령선거나 툴루즈 시의 쓰레기 처리방식 따위의, 아마도 그들에게 중요한 문제에 대해 떠들고 있는 것 같았다. 문득 엄마가 쓴 편지 한 구절이 떠올랐다. 하루 종일 수국만 들여다봤다는 내용이었다. 그는 집 쪽으로 다가가 툴루즈에서 수국을 보려면 어디로 가야 하느냐고 장피에르에게 물었다. 두 사람은 이제 그 문제에 대해 열띤 토론을 벌이기 시작했다.

그 해답은 거기서 미디 운하를 지나 십오 분 정도 걸어가면 나오는 콩팡-카파렐리 공원에 있었다. 거기에는 벚나무와 대나무와 진달래와 동백 등의 나무들로 정원을 꾸며놓아 툴루즈 사람들의 눈에는 퍽이나 이국적으로 보일 게 분명한 일본식 정원Japanese dry garden이 있었다. 잉어들이 유영하는 연못 위로 빨간색 목조 구름다리가 놓여 있어 거길 건너가면 장피에르가 티 파빌리온Tea Pavilion이라고 부르는 건물이 나왔는데, 그의 눈에는 정자로도, 그렇다고 집으로도 보이지 않는 동양식 건물이었다. 그 티 파빌리온으로 들어가 길게 물결을 남기며 지나가는 오리를 구경하다가 반대편으로 나가니 대나무숲이 있었고, 그 옆에는 어떤 사람의 상반신상이 있었다. 누구냐고 물었더니 1960년대에 프랑스에 선禪을 소개한 일본 선사 타이센 데시마루라고 장피에르가 말했다. 또 그 일본식 정원은 16세기 교토 정원의 요소들을 그대로 재현한 것이라고도 했다. 물을 사용하지 않고 다양한 크기의 돌과 자갈, 모래만으로 산수山水를 표현한 정원이었다. 석등, 구름다리, 연못, 잉어, 바위, 티 파빌리온, 대나무, 벚꽃, 진달래, 동백…… 그렇게 중얼대며 걸어가다가 장피에르는 마치 생일선물을 숨겨둔 사람처럼 한쪽에 피어난 수국을 가리켰다. 거기에 하얗고 파란 꽃들이 있었다. 과연 이 꽃들이 삼십삼 년 전, 외로울 때마다 엄마가 바라봤던 꽃일까?

그가 수국의 꽃말the language of flowers이 무엇인지 아느냐고 묻자, 장피에르는 재치있게도 자신은 어학을 배우는 데 소질이 없다고 대답했다. 엄마가 죽지 않았다면 그런 사람이 툴루즈에 살고 있다는 사실을 알 까닭도, 또 그렇게 하오의 햇살을 받으며 일본식 정원을 함께 걸을 이유도 없었을 그 남자의 재치에 그는 기분이 좋아져, 통상적으로 수국의 꽃말은 '변하는 마음' 인데, 그건 꽃의 색깔이 자주색에서 파란색으로, 또 빨간색으로 바뀌기 때문이다, 그런데 다른 꽃말도 있으니, 물이 없으면 금방 꽃이 시들었다가도 물을 주면 되살아나는 습성 때문에 '진짜 마음'이라는 뜻도 있다, '변하는 마음'과 '진짜 마음'은 서로 반대되는 마음이라 흥미롭다, 라고 떠들었다. 그러자 장피에르는 아니다, 변하는 마음이 진짜 마음이다, 라고 대답했고, 수국이 피어난, 거기 일본식 정원에서는 그 말이 선사에게서 받은 화두처럼 들렸다. 잠시 말없이 수국을 바라보다가 그는 그래서 이 꽃들은 물을 그렇게나 좋아한다, 라고 말했다. 그러자 장피에르는 고개를 끄덕였다. 하지만 그가 말하려던 뜻을 장피에르가 모두 이해했다고 보기는 어려웠다. 사실은 "이 아이는 물을 참 좋아해"라던 엄마의 말투를 흉내내려고 한 것이었는데, 영어로는 그 느낌을 살릴 방법이 없었으니까.

그러나 일본식 정원을 채 빠져나오기도 전에 그는 뭔가 잘못됐다는 사실을 깨달았다. 프랑스어를 전혀 모르는 그가 한쪽에 세워진 안내판에서 1982라는 숫자를 발견한 것이었다. 안내판을 본 장피에르는 그가 짐작하는 대로 그 숫자가 공원의 조성 연도라고 했다. 그는 그렇다면 자신은 1981년생이니까 그 수국들은 엄마가 본 수국이 아닐 수도 있다고, 그건 거의 확실하다고 말했다.

"거의 확실하다고 해서 반드시 그런 것은 아니야. 개인의 기억은 통조림에 붙은 라벨 같은 것이니까."

장피에르가 말했다. 그는 장피에르가 또 엉뚱한 이야기를 늘어놓을 모양이라고 생각했다.

"이번에는 통조림 이론인가?"

반쯤은 장난스럽게 그가 물었는데 정색한 목소리로 장피에르가 대답했다.

"아니, 에티켓 이론이야. 통조림에 대해 말할 때, 우리는 사실 겉에 붙은 라벨에 대해 말하고 있는 거야. 누군가에 대해 말할 때도 그의 본성이 아니라 드러난 태도에 대해 말하는 것처럼. 과거는 밀봉된 채 선반 위에 올려놓은 통조림과 같아. 그래서 우리는 라벨만 보며 얘기하는 거지. 하지만 거기 통조림 안에 뭐가 들었는지는 아무도 몰라."

"열어보면 되지."

그가 말했다.

"열어볼 수 없다니까. 그게 규칙이야. 과거는 통조림 속에 들어 있고, 우리에게는 따개가 없어. 그러니 누구도 과거를 바꿀 수는 없는 거야."

그러니까 다시 스파게티 인생론으로 돌아가는 이야기였다.

3

……부끄러운 이야기지만, 여기 툴루즈에 온 뒤에야 나는 네가 다른 남자를 만나 그에게 호감을 느끼고, 그를 사랑하고, 그와 여름휴가를 보내기 위해 비행기표를 예매하고 숙소를 예약할 수도 있다는 사실을 받아들이기 시작했어. 아니야, 솔직히 말하자면 내 말은 그럴 수도 있다는 사실을 이해해보기로 마음

은 먹었다는 뜻이야. 누군가를 사랑한다. 진심으로 사랑한다. 그리고 그 사랑이 끝난다. 여기까지는 좋아. 그런데 다른 누군가를 또 직전의 누군가처럼 사랑한다? 역시, 진심으로 사랑한다? 이 부분은 여전히 이해되지 않아. 어떻게 두 마음 모두가 진심일 수 있다는 거지? 나 역시 시간이 흐르면 다른 누군가를 만나고 또 다시 진심으로 사랑하게 되겠지만, 그때 나는 내 인생이란 플롯도 논리도 없이 아무렇게나 써내려간 이야기라고 생각하겠어.

툴루즈에 온 지 이틀째 되던 날, 툴루즈 1대학 근처의 라이브클럽에서 장피에르라는 남자를 만나게 됐어. 그때 그는 영국 학생들 앞에서 장광설을 늘어놓고 있었는데, 들어보니 스파게티 인생론이랄까, 아무튼 이런 이야기였어. 우리가 상상하는 인생은 슈퍼마켓에서 판매되는, 비닐로 포장한 스파게티 면과 같아. 각자의 인생이 시간의 순서에 따라 가지런하게 놓여 있는 거지. 하지만 그건 이론적으로 그렇다는 거야. 장피에르의 주장에 따르면 말이야. 실제 우리 각자의 인생은 그 포장을 뜯어 삶은 뒤, 팬 위에서 소스와 버무린 뒤의 면과 같아. 포장 상태에서는, 그러니까 이론적으로는 모두의 인생이 하나의 시간을 따라 진행되지만 실제로 우리의 인생은 소스에 버무릴 때마다 예측

할 수 없는 형태로 뒤엉키는 스파게티 면과 같다는 거야. 소스 팬 안에서 한 가락의 스파게티 면은 자신의 형태만을 간신히 이해할 수 있을 뿐, 다른 면의 형태를 이해하는 것은, 사실상 거의 불가능한 거지.

그런 말을 듣다보니 너랑 마지막으로 나눈 통화가 떠올랐어. 그때 나는 시간을 거슬러올라가면 어떨까, 하는 생각을 하고 있었어. 타임머신 같은 거 있잖아. 그런 걸 타고 과거로 가는 거야. 엄마가 나를 가지기 전의 툴루즈로. 어릴 때부터 나는 그런 게 궁금했거든. 내가 태어나기 전 처녓적 엄마의 사진을 보면서 타임머신을 타고 그 시절로 돌아가면 어떨까, 상상했던 거지. 미래에서 온 아들이라고 하면 엄마는 어떤 표정을 지을까? 그 아들로 인해 엄마의 인생이 완전히 바뀐다는 말을 듣는다면? 그럼 아마도 이제는 얼굴도 잊은 지 오래라는 그 남자를 엄마가 사랑하는 일은 일어나지 않았을 테고, 그럼 나도 존재할 수 없었겠지. 뭐, 그렇대도 크게 나쁠 건 없을 거야. 내가 꼭 태어나야 할 이유는 아직 찾지 못했으니까. 그러다가 나는 너를 생각했어. 너와 아직 헤어지기 전으로 돌아간다면 또 어떨까? 그렇다면 우리가 헤어지는 일을 막을 수 있지는 않았을까? 지금쯤 함께 툴루즈의 일본식 정원에서 수국들을 바라볼 수 있지 않았을까? 우린 여전히 사랑하고 있지 않을까? 그런 생각을 하며 올려다본 파란 저녁 하늘로는 비행운 하나가 그어지고 있었어.

그때 영국 학생들이 뭐라고 말했던 모양인지 갑자기 장피에르가 "아니야, 그렇지 않아"라고 말했어. "아니야, 그렇지 않아. 우리 각자의 인생은 소스 팬 안의 스파게티 면이라는 걸 잊지 말라고. 시간이 흐른다는 건 그 소스 팬을 한번 뒤섞는 것과 같아. 너희 인생의 관점에서 보자면 시간이 인과적으로 흘러가는 것처럼 보일 거야. 어떻게 뒤엉키든 스파게티 면의 차원에서는 한 가락이니까. 너희는 시간을 거슬러 과거로 가는 일이 소스에 버무린 뒤 만들어진 스파게티 면의 형태를 따라 움직이는 것과 같다고 생각하겠지. 하지만 진정한 시간여행은 그게 아니라 소스 팬을 몇 번이고 뒤섞기 전의 상태로 돌아가는 것인데, 일개 스파게티 면의 차원에서는 상상조차 할 수 없는 일이지. 그래서 과거로 시간여행을 한다고 해도 너희는 너희의 과거가 누군가의 미래와 맞닿아 있다는 사실을 알고는 충격을 받을 거야. 현재를 바꾸기 위해 과거로 간 너희가 맞닥뜨릴 사람이 이미 늙어버린 연인이라면 어떤 기분이겠어? 너희가 태어나기 전의 과거로 거슬러올라가도 너희가 바꿀 수 있는 게 하나도 없다면? 그런데 엔지니어로서 내가 장담하는 것이지만, 그건 거의 확실해." 장피에르가 그렇게 말했어.

그러자 술 취한 학생들이 손가락으로 장피에르를 가리키며 낄낄거렸고, 장피에르는 목에 핏대를 세우며 다시 말을 이었어. "그건 거의 확실해." 나는 그의 말을 따라 해봤어. 그건 거의 확실하다고. 나는 다시 하늘을 올려다봤어. 저녁 아홉시가 지났는데도 여전히 환한 하늘에선 아까 본 비행운이 사라지고 있었어. 사라지는 하얀 선을 바라보며 나는 생각했어. 스파게티 인생론이라니, 소스 팬 속에 제멋대로 던져진 국수 가락 같은 삶이라니. 그게 웃기지 않으면 또 뭐가 웃기겠어? 그렇게 생각하니 나도 뭔가 우스워졌고 곧 웃음이 터졌어. 지금 생각하면 하나도 웃을 일이 아닌데, 그땐 학생들의 웃음이 전염된 것인지 술에 취해서인지 계속 웃음이 나오더라고. 그리고 나는 너를 생각했어. 너를, 이제는 통조림 속으로 들어가버린, 혹은 한번 휘저어버린 소스 팬 속의, 또 다른 스파게티 면 한 가락이 되어버린 너를.

우리들의
섀도잉

I

오래전, 도쿄 우에노 근처의 우구이스다니에 간 적이 있었다. 거기에 가보라고 권한 사람은 올림픽공원 근처의 고등학교에서 수위로 일하던 김충식씨였다. 올림픽공원은 일 년에 한 번 갈까 말까 하는 곳인데 구하기 힘든 자료를 찾다보니 거기까지 가게 됐다.

출판사에서 영업부 직원으로 일하던 시절부터 틈틈이 희귀본들을 수집해온 그는 이상李箱의 유고집을 여러 권 가지고 있었다. 내 사연을 듣더니 그는 그중 한 권을 내게 내밀었다.

"이상에 대한 소설을 쓰신다니 드릴게요. 사실 이런 책은 우리에겐 아무 가치도 없거든요."

책을 보니 표지가 찢겨나가고 없었다. 원래 표지를 궁금해하자 그가 서재에서 상태 좋은 책을 가져왔다. 책을 감싼 반투명 트레이싱페이퍼 아래로 검은 까마귀 그림이 보였다. 나는 조심스레 트레이싱페이퍼를 걷어냈다.

까마귀는 상처를 입고 바닥에 떨어져 허우적대는 것 같았다. 분명, 까마귀는 울고 있었다.

"이 표지를 보니 카프카가 생각납니다. 카프카는 체코어로

'검은 까마귀'라는 뜻이라죠. 카프카도 이상과 비슷한 시기에 외롭게 죽었어요."

어쩌면 검은 까마귀란 외롭게 요절한 모든 시인을 상징하는 것일지도 모르겠다고 나는 생각했다.

하지만 김충식씨는 고개를 갸웃거렸다.

"글쎄요, 이상이라면 꾀꼬리 쪽이 더 가깝지 않을까요?"

그가 말했다. 나는 신선한 발상이라고 생각했다.

"이상을 두고 꾀꼬리라고 하시는 분은 처음 봤습니다."

나는 웃었다. 그러자 김충식씨가 말했다.

"혹시 도쿄에 갈 일이 있다면 우구이스다니 역에 꼭 가보세요. 거기서 닛포리 방향으로 가다보면 묘지가 나오는데, 도쿄대 부속병원에서 이상이 죽고 난 뒤 화장된 곳이 바로 거기라고 합니다."

그렇다면 도쿄에 한번 가보자고 생각했다.

2

나영은 동시통역사였다. 우리를 연결시킨 건 '섀도잉shadowing'

이었다. 그건 귀에 들리는 그대로 따라 되뇌면서 외국어를 익히는 학습법 중의 하나였는데, 그녀는 동시통역을 잘하기 위해 말하는 사람의 말투뿐만 아니라 몸짓까지도 흉내내야 하는 자신의 일을 섀도잉이라고 일컬었다. 나는 섀도잉에 대해 더 알고 싶어져 그녀를 따로 만났다. 몇 번의 만남이 이어지는 동안, 우리는 조금씩 서로의 말을, 서로의 행동을, 서로의 표정을 따라 하게 됐다. 그녀에게 사귀자고 말했을 때, 나는 섀도잉에 대해 다 알게 됐다고 생각했다.

3

나영을 따라 나는 처음으로 도쿄에 갔다. 도쿄에서 맞은 첫 아침, 호텔 방에서 눈을 뜨니 창밖 하늘로는 푸른빛이 희미하게 감도는데 실내는 아직 어둠침침했다. 나영은 없고, 대신 노랫소리가 나지막이 들려왔다. 둘러보니 침대 옆 나이트테이블 아래가 노란 불빛으로 환했다. 노랫소리는 그 불빛을 따라 흘러나오고 있었다. 나이트테이블에는 조명 스위치와 함께 방송 채널을 선국할 수 있는 검은 버튼들이 있었는데, NHK 클래식

버튼이 눌러져 있었다. 나영이 켜놓고 나간 듯했다. 일본어 가곡. 뜻을 알 순 없었지만, 소프라노의 목소리가 거슬리지 않아 나는 노란 불빛 쪽으로 고개를 돌리고 귀를 기울였다.

가곡이 모두 끝나고 난 뒤에야 나는 창밖에 비가 내리고 있다는 사실을 알았다. 당연했지만 그게 마지막 장맛비라는 걸 그때는 몰랐다.

그 호텔이 자랑하는 정원을 산책하고 나영이 방으로 돌아왔을 때는 가곡 프로그램이 끝난 뒤였다.

"아까 좋은 노래가 나왔었는데……"

내가 말했다.

"어떤 노래였어?"

그녀가 궁금해했다. 그러자 갑자기 말이 나오지 않았다. 머뭇거리다가 기억나는 대로 나는 멜로디를 흥얼거렸다.

"그거, 〈고노미치〉 같은데. 맞지?"

그녀는 "고노 미치와 이츠카 키타 미치" 하며 노래를 흥얼거리기 시작했다.

"잘 모르겠지만 맞는 것 같아."

내가 말했다. 돌이켜보면 그때가 우리에겐 눈물겹도록 좋은 시절이었다.

4

〈고노미치この道〉는 일본 시인 기타하라 하쿠슈의 시에 곡을 붙인 가곡이다. 그는 만년에 홋카이도와 구마모토 등지를 여행한 경험을 이 짧은 시에 담았다. ‘この道はいつかきた道, ああそうだよ이 길은 언젠가 온 길, 아아 그렇구나’라고 시작하는 시구를 들으면 나는 저절로 우구이스다니 역 앞의 풍경을 떠올리게 된다. 우리는 마루노우치 선을 타고 가다가 도쿄 역에서 야마노테 선으로 갈아탄 뒤 우구이스다니 역까지 갔다. 그동안 나는 나영이 가르쳐준 가사를 흥얼거리며 노래를 배웠다. 내가 가사나 멜로디를 잊어버리면 그녀가 바로 가르쳐줬다. 나는 그녀의 노래를 따라 했다. 그러는 동안 빗줄기는 점점 가늘어지고 있었다.

“우구이스다니의 우구이스うぐいす는 ‘휘파람새’라는 뜻이야. 알고 있었어?”

좁은 인도를 따라 걸으며 나영이 말했다. 나로서는 당연히 몰랐다.

“저기 너머에 도쿠가와 이에미쓰가 세운 절인 간에이지가 있어. 도쿠가와 가문의 보리사菩提寺인데, 주지가 도쿄의 휘파람새는 둔하다며 교토에서 휘파람새를 가져와 이 골짜기에 풀어놓은 뒤로 우구이스다니, 즉 휘파람새 골짜기鶯谷라는 이름을 가지게 됐다는데……"

스마트폰을 들여다보며 설명하던 그녀가 이내 탄성을 내질렀다.

"우와, 교토에서 가져와 이 인근에 풀어놓은 휘파람새가 무려 삼천오백 마리였다네."

나는 투명한 우산을 들고 뒤따라 걸으며, 나영의 머리 위로 보이는 나무들에 휘파람새들이 앉아 있는 광경을 상상했지만 잘 안 됐다. 삼천오백 마리가 너무 많아서는 아니었다.

"일본 사람들은 휘파람새 울음소리를 이렇게 표현해. 호케쿄. 호호케쿄."

나는 그 울음소리도 제대로 듣지 못했다. 그때 나는 딴생각을 하고 있었다. 닛포리 묘지를 찾아가되 우구이스다니 역에서 내려 걸어가라고 권하며 김충식씨가 내게 한 말이었다.

"우구이스노 다니와타리鶯の谷渡라는 말이 있습니다. 꾀꼬리가 골짜기를 건너간다는 뜻으로 한 남성이 한방에 여러 여자를 뉘여놓고 성행위하는 것을 말하는 속된 표현입니다. 1940~1950년대까지만 해도 이상은 그런 식의 기행을 일삼는

기인으로 알려져 있었습니다. 우구이스다니라는 지명도 거기서 유래한 것이 분명하죠."

하지만 그 우구이스는 우리가 아는 꾀꼬리가 아니라 휘파람새였다. 그리고 우구이스다니라는 지명도 그런 일에서 유래한 것이 아니었다. 그렇다면 이상은 우리가 아는 그 시인이 맞을까? 그때 문득 그런 생각이 들었다. 내가 생각에 잠긴 동안 좁은 인도를 앞서 걸어가며 나영은 호케쿄, 호호케쿄, 하며 휘파람새 흉내를 냈다.

5

그다음 날은 무척이나 화창했다. 그날 아침, 일본 기상청은 장마가 끝났음을 공식적으로 선언했다. 가슴이 뛸 정도로 하늘은 푸르렀고, 뭉게구름은 하얬다. 우리는 오다이바에서 서퍼이자 일러스트레이터인 앤디 데이비스와 서핑웨어 브랜드인 빌라봉이 협업해서 만든 티셔츠와 〈고노미치〉가 수록된 사메지마 유미코鮫島有美子의 가곡집을 샀다.

하지만 이제는 함께 산 티셔츠도 입지 않고, 사메지마 유미

코의 CD도 듣지 않는다. 그뿐만 아니라 그때 호텔 방에서 나 혼자 들었던 노래가 〈고노미치〉가 맞는지조차 확신할 수 없게 됐다. 그녀와 헤어지고 난 뒤에야 나는 알게 됐다. 섀도잉이란 원래 그런 것이라는 걸.

젖지 않고 물에 들어가는 법

코멘터리 01

우리는 2020년 팬데믹 이후 깨어나는 사람들이 폭발적으로 증가했다는 사실에 주목하고 그 변화가 의미하는 바에 대해 연구해왔다. 깨어남이란 일반적으로 현실감각이 생기면서 이전까지 자신이 수면상태에 있었다는 것을 자각할 때 쓰는 말이지만, 우리가 말할 때는 현실에서 깨어나는 일을 뜻한다. 어떤 사람이 '현실에서' 깨어난다면 이전까지는 수면상태였다고 짐작할 수 있다. 수면상태가 지금까지의 현실이라면, 그래서 지금까지 인류가 잠들어 있었고 그 때문에 최근의 위기가 생겨난 것이라면, 지금부터의 인류는 달라져야 할 것이다. 그게 이 연구의 목적이다.

이에 따라 우리는 지금까지 자신을 둘러싼 현실에서 깨어난 사람들을 찾아내 면담해왔다. 개중에는 그 경험을 책으로 쓰거나 방송에 나와 소개한 사례도 있었지만, 대부분은 자신이 겪은 일에 대해 함구한 채 이전과 크게 다르지 않은 삶을 살아가고 있었다. 물론 이전과 크게 다르지 않다는 것은 겉보기에 그렇다는 얘기다. 그들은 그때까지 살던 현실에서 벗어나 다른 곳에서 살고 있었다. 그 다른 곳이 어떤 곳인지 알아내기 위해 우리는 다음과 같은 질문을 던졌다.

"깨어난 이후의 삶에 대해 설명해주시겠습니까?"

신기철씨에게도 우리는 같은 질문을 던졌다. 사실 우리는 이미 그 질문에 대한 답을 어느 정도는 알고 있었다. 지금도 많은 사람들에게 주말 예능 프로그램을 진행한 재치 넘치는 개그맨으로 기억되는 그는 깨어난 뒤 발표하는 작품마다 높은 평가와 함께 많은 부수를 판매하는 소설가가 됐다. 그에게 깨어남을 촉발한 것은 아내와의 갑작스런 사별이었다. 그는 의료사고로 아내를 잃었다. 면담에서 아내 이야기가 나올 때마다 그의 두 눈에는 그렁그렁 눈물이 맺혔다.

"아내분을 생각하는 일은 여전히 힘드신가보군요."

그는 고개를 끄덕였다.

"이상한 일이군요. 깨어난다는 것은 이전의 현실에서 완전히 벗어난다는 뜻이 아닙니까?"

"맞습니다."

"그런데 왜 슬퍼하시는 건가요?"

그러자 그는 조지 오웰의 책 『위건 부두로 가는 길』에 나오는 한 장면을 우리에게 들려줬다. 그것은 한 인간의 깨어남에 대한 기이하고도 아름다운 이야기의 시작이었다.

 # 녹취 01

아내가 사고로 죽은 여름이 끝나갈 무렵이었습니다. 의료과실이 분명했으나 저는 병원 측과 책임 소재를 두고 지리한 공방을 계속해야 했는데, 그 과정에서 병원 측이 의도적으로 아내가 프로포폴 중독 상태였다는 사실을 언론에 흘리는 바람에, 날마다 제 가족의 사생활과 관련한 선정적인 기사가 인터넷에 오르내렸습니다. 아내를 잃은 슬픔과 세상에 대한 극도의 분노 사이를 오가면서도 저는 예정된 방송에 출연해 떠들고 웃고 뛰어다녀야 했습니다. 제 감정과 자아는 그렇게 분리되고 있었습니다. 행동하는 '나'와 지켜보는 '나'는 물과 기름처럼 분명하게 나누어졌죠. 제가 둘로 찢어지는 것은 피할 수 없는 일처럼 보였습니다.

그날 대구의 한 재래시장에서 촬영을 마친 저는 지체 없이 서울로 돌아가 또 다른 녹화에 임해야 했습니다. 매니저가 자동차를 가지러 간 사이 저는 촬영장 한쪽에서 옷을 갈아입은 뒤 가방을 들고 밖으로 나섰습니다. 시장 골목은 물건을 사고파는 사람들로 발 디딜 틈이 없었습니다. 매니저에게 전화를 걸었지만 연결이 되지 않았습니다. 여름은 끝나가는데 날은 덥고, 사람들은 너무 많고, 골목 안까지 차는 들어오지 못할 것 같고, 짜증은 나고…… 그러다가 첫번째 공황이 찾아왔습니다. 주변의 소음이 저를 압도하는가 싶더니 거기가 어디이고 나는 누구인지, 떠올리면 곧 잊어버리고 떠올리면 곧 잊어버리는 일이 반복됐습니다. 그렇게 저는 길을 잃어버렸습니다.

세상이 빙글빙글 돌면서 구역질이 치밀었고, 저는 몸을 숙였습니다. 저는 제가 누구인지 기억하기 위해 안간힘을 썼습니다. 지나가던 방송 스태프가 저를 알아보고 괜찮냐고 묻더군요. 그 말에 간신히 '나는 개그맨이고 지금은 리얼 버라이어티 프로그램의 촬영을 마친 직후로 매니저가 몰고 올 자동차를 기다리고 있다'는 사실이 기억났습니다. 제가 몸을 일으키며 괜찮다고 말하자 그 스태프는 그냥 가버렸습니다. 그 뒷모습은 이후 두고두고 생각났습니다. 곧 말씀드릴 기내 승무원을 만나지 못했다면 저는 그 뒷모습이 쌀쌀했다는 것도 영영 몰랐을 것입니다.

가까스로 정신을 차린 저는 그 자리에 가방을 내려놓은 채 택시를 타고 공항으로 갔습니다. 매니저의 전화가 온 것은 그때였습니다. 저는 "이게 다 네가 늦게 온 탓이야!"라고 소리치고 전화를 끊었습니다. 화가 치밀어 견딜 수가 없었습니다. 공항에 도착해 가장 빨리 출발하는 제주행 비행기 티켓을 구하는 동안에도 핸드폰은 계속 울었습니다. 표를 끊은 뒤 저는 요란스럽게 진동하는 핸드폰을 화장실 쓰레기통에 버렸습니다. 제게 남은 건 지갑과 신분증뿐이었지만, 제주에 도착하는 즉시 그것들마저도 버릴 생각이었습니다.

모든 게 지긋지긋했습니다. 이게 다인가, 하는 의문이 들었습니다. 그렇게 비행기에 올라타 티켓에 인쇄된 자리를 찾아 앉고 얼마 지나지 않아 비행기 문이 닫혔습니다. 그 순간 그때까지의 현실은 완전히 사라졌습니다. 방송활동을 할 때도 종종 공황장애가 찾아오곤 했습니다. 그래서 저는 공황상태가 어떤 것인지 잘 알고 있습니다. 하지만 그날의 발작은 완전히 달랐습니다. 그것은 깊고도 완전한 암흑이었습니다.

 # 코멘터리 02

'깊고도 완전한 암흑'이라는 표현에 주목한 우리는 신기철씨에게 더 자세한 설명을 부탁했다.

"숨쉴 수 있는 공기가 점점 희박해집니다. 마치 히말라야산맥의 정상부를 걸어가는 것처럼…… 디디고 선 바닥은 미끄럽고 또 푹푹 빠지고…… 정신이 흐릿해지면서 모든 사물이 두 개로 보이는 복시현상이 일어나는데, 어지러운 가운데 가만히 보노라면 하나는 제가 지금까지 살아온 현실이 맞지만 거기에 겹쳐지는 다른 하나는 제가 알지 못하는 세계입니다. 그 미지의 세계는 깊고도 완벽한 암흑과 같아요. 깊고도 완벽한 암흑은 또렷해졌다가 희미해지기를 반복합니다. 그 암흑이 또렷해질 때 현실은 지워지고, 희미해질 때 되살아나죠. 그런데 이것은 제 몸의 변화와 연결돼 있었습니다."

"몸에는 어떤 변화가 있었습니까?"

"제 몸이 항아리가 된 듯한 느낌이랄까. 거기에 썩 기분이 좋지 않은 뭔가가 들어 있는 것 같은. 암흑이 또렷해지면 안에 든 것들이 점점 불어나면서 금방이라도 넘쳐흐를 것 같은 기분이 듭니다. 그러다가 암흑이 흐릿해지면 다시 그 뭔가는 줄어들지요. 넘칠 듯, 넘쳐흐를 듯한 기분이 반복되면서 저의 불안은 점점 고조됩니다. 그러다가……"

그리고 신기철씨는 두 손을 들어 공을 감싸는 듯한 시늉을 하더니 두 입술을 떼어 '빵' 하는 입 모양을 해 보이며 두 손을 양옆으로 펼쳤다.

"빵, 하고 터졌습니다. 그러자 살면서 그때까지 느껴온 모든 감정들이 제 안에서 빠져나오며 그 암흑 속으로 빨려들어갔습니다. 슬픔과 기쁨, 행복과 불행, 사랑과 분노까지 모조리. 그 모든 감정들이 깊고도 완전한 암흑 속으로 빠져들면서 저는 한없이 쪼그라들었습니다. 이대로 죽는구나, 그렇게 생각했지요. 하지만 그게 더 낫더군요. 끝없는 불안 속에 사느니. 저는 죽음을 받아들이기로 했습니다. 그래서 그 깊고도 완벽한 암흑을 받아들이기로 했습니다. 저도 그 암흑 속으로 사라지기로. 그러자 암흑이 변하기 시작했습니다."

우리는 가장 중요한 지점을 지나가고 있었다.

"조금 더 자세히 설명해주세요. 암흑이 어떻게 변하기 시작했다는 것입니까?"

잠시 말이 없던 신기철씨가 마침내 입을 열었다.

 # 녹취 02

제가 그 암흑 속으로 사라지자고 마음먹자 그 암흑은 무지갯빛으로 번들거리기 시작하더니 거기서 바람이 불어오더군요. 그 바람 덕택에 저는 다시 정신을 차릴 수 있었습니다. 바람은 앞쪽에서, 그러니까 제주공항에 착륙한 뒤 열린 문으로 들어오고 있었습니다. 그제야 저는 제가 제주행 비행기 안에 있다는 사실을 기억해냈고, 현실로 돌아올 수 있었습니다. 표를 뒤

늦게 끊어 가운뎃자리에 앉게 된 저는 비행기가 이륙하자마자 공황상태에 빠져 아마도 발을 구르거나 비명을 지르며 소란을 일으켰으리라 짐작했습니다. 그때 저는 임사체험을 하고 있었습니다.

그렇기에 호기심에 가득 찬 승객들의 얼굴을 둘러보면서도 제 모습이 찍혔을 스마트폰의 동영상이나 온갖 단체대화방에 올라올 목격담 따위가 전혀 두렵지 않았습니다. 비행기가 착륙하고 앞쪽 문이 열리는 순간, 그때까지 이상한 행동을 하며 소란을 피우던 유명 개그맨은 죽었으니까요. 그런 저를 되살린 것은 발작이 시작된 뒤로 줄곧 제 곁을 떠나지 않았던 객실 승무원이었습니다. 그는 연신 제 등을 어루만지며 말했습니다.

"괜찮아요. 무서우면 소리를 질러도 좋아요."

한 인간이 다른 인간에게 그토록 다정할 수 있을까 싶을 정도로 한없이 다정한 목소리와 행동이었습니다. 승무원은 일어설 수 있겠냐고 물었습니다. 제가 고개를 끄덕이자 그는 제 어깨를 안은 채 문 쪽으로 이끌었습니다. 열린 문 밖으로 푸른 하늘과 뭉게구름이 보이더군요. 비행기 트랩을 내려와 서로 떨어진 뒤에야 저는 승무원의 제복에 제 토사물이 묻어 있는 것을 보게 됐습니다. 제 옷에 묻은 토사물이 옮겨붙은 것이었습니다.

너무나 미안해 연신 고개를 숙이자 그가 말하더군요.

“괜찮아요. 이게 제가 하는 일입니다. 선생님을 안심시키는 것.”

여기까지는 어떤 객실 승무원이라도 할 수 있는 말일 것입니다. 그런데 그는 또 말했습니다.

“저는 젖지 않았어요.”

그러면서 그는 손으로 옷에 묻은 것들을 툭툭 털어냈습니다. 그 순간, 저는 깨어났습니다. 문득 제 눈앞으로 더없이 생생하고 아름다운 세계가 펼쳐졌습니다. 깊은 안도감과 함께 완전한 평화가 저를 찾아왔습니다. 승무원에게 고맙다고 말하니 그가 환하게 미소를 짓더군요. 저는 그를 안았습니다. 그의 육체뿐 아니라 감정과 이성까지도 모두 안을 수 있었습니다. 머릿속은 놀랄 정도로 고요했습니다.

제주에는 방송 일이 견딜 수 없을 때마다 도피하듯 찾아가던 호텔이 있었지만 아내와의 추억이 남아 있었기에 다른 호텔로 갔습니다. 시내에 있는, 그전이라면 찾지 않았을 관광호텔이었습니다. 그때까지도 저는 완전한 평화 속에 머물고 있었습니다. 달라진 점은 하나뿐이었습니다. 다만 저는 제 머릿속으로 떠오르는 생각들을 믿지 않게 됐을 뿐입니다.

 # 코멘터리 03

“그전까지의 삶은 혼자서 꾸는 꿈과 같다고 말씀하셨잖아요.”

“그렇습니다.”

“그전까지의 삶이 꿈과 같다면 꿈에서 깨어난 뒤에도 슬픔이 남아 있을 수 있나요? 아내분의 죽음은 꿈속의 일이 아닌가요? 제 말은 허공을 먹고도 배가 부를 수 있느냐는 뜻입니다.”

“물론 여기에 슬픔은 없습니다. 하지만 생각이 시작되면 달라집니다. 생각이란 어떤 이야기 속으로 들어가는 것을 의미하니까요. 영화를 보거나 책을 읽을 때처럼 저는 이야기 안에서 실제로 웁니다. 이 현실은 언제나 몰입할 수밖에 없는 영화나 책입니다. 영화관에서는 영화 속으로 들어가려고 해도 스크린에 부딪힐 테지만 이 현실 속으로는 매끄럽게 들어갈 수 있습니다. 물을 상상하시면 됩니다. 손만 뻗어도 이야기 속으로 휩쓸려 들어갑니다. 그렇게 이야기 속으로 완전히 빠져들면 모든 것은 반복됩니다. 물결에 휩쓸린 저는 울고 웃지요.”

“그렇게 이야기 속으로 한번 빠져들면 다시 깨어나기는 쉽지 않을 것 같은데요. 그런 생생한 이야기 속에서 어떻게 깨어 있을 수 있습니까?”

우리가 가장 궁금하게 여기는 것이었다.

"이야기 속에 있으면서도 거기에 젖지 않으면 됩니다. 이 슬픔과 울음은 제가 이야기 속에 있다는 증거입니다. 이 슬픔과 울음도 제게는 진실이고 제가 이야기 속에 있다는 것도 진실입니다."

"젖지 않고 이야기 속으로 들어가는 방법에 대해 설명해주실 수 있나요?"

"한번 깨어나게 되면 제 쪽으로는 늘 바람이 불어옵니다. 그렇게 마른 상태에 대해 알게 되죠. 그러면 이전까지의 삶이 젖은 상태였다는 것을 저절로 깨닫게 되고요. 마른 상태일 때의 저는 생각을 믿지 않습니다. 모든 이야기는 플롯으로만 보입니다. 기승전결. 모든 일들은 어떤 결론으로 향하는 과정이지요. 그 사실을 알게 되면 다만 안심과 침묵만 남습니다."

"그러니까 그때그때 머릿속으로 떠오르는 생각들을 믿지 않고 이야기의 뼈대를 보게 되면 젖지 않고도 이야기 속에 들어갈 수 있다는 뜻이군요."

신기철씨에게 한 번 더 확인했다.

"이전의 삶에서 저는 말로 연기하는 사람이었습니다. 그때는 실제의 나와 연기하는 나 사이에 어떠한 간극도 없었습니다.

연기란 머릿속으로 떠오르는 생각들을 모두 믿는 일입니다. 하지만 아내를 잃은 뒤부터 그 일이 점점 힘들어졌습니다. 말했다시피 저는 행동하는 나와 관찰하는 나, 그렇게 둘로 나누어지고 있었으니까요. 그러다가 그 활주로에서 바람을 맞으며 깨어난 거죠."

그가 찾아간 관광호텔은 제주시 한복판에 있었다. 신기철씨처럼 유명한 개그맨과 어울리는 곳은 아니었지만, 베란다가 딸린 창밖으로 보이는 풍경은 훌륭했다. 커튼을 젖히면 한라산이 한눈에 들어왔다. 그다음 며칠 동안, 그는 베란다 의자에 앉아 그 풍경만 바라봤다. 한라산은 보일 때도 있었고 보이지 않을 때도 있었다. 한라산이 보이든 보이지 않든 그는 마음의 평화를 잃지 않았다. 이제 자신 역시 보일 때가 있고 보이지 않을 때가 있다는 것을 그는 알게 됐다.

"글을 처음 쓰기 시작한 곳이 바로 그 호텔 방이었죠?"

"그렇습니다."

"원래 글쓰기를 즐겼습니까?"

"이전의 삶에서는 한 번도 진지하게 글을 써본 적이 없었습니다."

"그렇다면 왜 갑자기 글을 쓰게 된 거죠?"

"어느 날, 커튼을 젖혔더니 거기 한라산은 없고 제주행 비행기에서 본 암흑이 나타났거든요."

신기철씨가 말했다.

녹취 03

그렇게 호텔 방에서 혼자 지낸 지 일주일쯤 지났을까요. 시간이 흐르면서 평화롭던 마음은 조금씩 떠오르는 생각들로 다시 북적이기 시작했습니다. 제일 먼저, '호텔 방에 컴퓨터가 왜 필요한 거야?'라는 생각이 들었습니다. 거기 창 옆의 검정 책상에 모니터와 컴퓨터가 설치돼 있었거든요. 그제야 관광호텔의 조악하고 비위생적인 시설이 눈에 들어오더군요. 제가 왜 그런 곳에서 숨어 지내야만 하는 것인가 하는 의문이 들었습니다. 그게 모두 아내가 죽었기 때문이라는 결론에 이르자, 느닷없이 어떤 설명도 없이 떠나버린 아내가 원망스러웠습니다.

그때까지도 저는 아무것도 모르고 있었습니다. 당연히 아내의 죽음을 받아들일 수 없었습니다. 겉으로 볼 때 우리는 아무 문제가 없는 부부였습니다. 그게 잘 사는 것이라고 생각했죠. 남들처럼 사는 것. 각자 아내와 남편의 역할을 충실히 해내는 것. 하지만 밤마다 저는 술집을 전전하며 취해 있었고, 집에서 저를 기다리던 아내는 밤이 깊도록 쉽게 잠들지 못하고 불면증에 시달렸습니다.

그것이 우리의 원래 얼굴이었습니다. 밤의 어둠 속에서 혼자 있을 때, 우리는 누구의 흉내도 내지 않아도 좋았던 것이죠. 아침이 되면 우리는 멀쩡한 얼굴을 가면처럼 쓰고 함께 밥을 먹은 뒤 각자의 일터로 출근했습니다. 한 사람은 개그맨으로, 한 사람은 변호사로. 보이는 대로의 삶에서는 서로를 이해하는 데 아무런 문제가 없었습니다. 다른 사람의 삶을 흉내내며 사는 한 그 내면을 이해할 필요는 전혀 없었으니까요.

그런데 표면의 삶에서 아내가 사라지고 나자 갑자기 연극이 끝나고 불이 켜지며 그간의 무대가 제 눈에 들어온 것입니다. 아내가 왜 불면증에 시달렸는지, 어쩌다가 프로포폴에까지 매달리게 되었는지 저는 알지 못했습니다. 제가 아는 건 우리가 최선을 다했다는 사실뿐이었습니다. 잘 살기 위해서. 서로에게 좋은 사람이 되기 위해. 서로를 위해. 그게 잘못됐다는 것이 아닙니다. 그러면서도 저는 제가 무대 위에 서 있다는 사실을 몰랐다는 말입니다. 조지 오웰이 광부들의 세계에 대해 말한 것처럼 제가 그동안 아내의 마음을 디디고 서 있었다는 것을 그제야 알았다는 말입니다. 그 사실을 깨닫고 나니 괴로워 견딜 수가 없었습니다.

그렇게 생각 속으로 빠져드느라 잠을 설친 어느 새벽, 커튼을 젖히자 그 창에 제주행 비행기에서 본 바로 그 깊고도 완벽한 암흑이 떠 있었습니다. 그것은 숨을 쉬는 검은 구체와 비슷했습니다. 커졌다가 작아졌다가. 거기에 맞추어 저는 넘칠 듯 터질 듯 점점 불안해졌습니다. 그러다가 다시 '빵' 하고 터졌습니다. 암흑은 무지갯빛으로 영롱하게 반짝이고 있었습니다. 저는 그 암흑에 더 가까이 가기 위해 창문을 열고 베란다로 나갔습니다. 거대한 암흑은 마치 스크린처럼 아내와 저의 역사를 보여주고 있었습니다. 보이는 대로의 삶, 표면의 삶을 고스란히 한 번 더 보여주고 있었습니다.

 # 코멘터리 04

물이 수소원자 두 개와 산소원자 하나로 구성돼 있으며 그 원자의 내부는 텅 비어 있다는 사실을 두 눈으로 확인하고 나면 젖지 않고 물에 들어갈 수 있다고 신기철씨는 말했다. 그게 바로 깨어남이라고. 삶은 기승전결의 플롯을 갖춘 이야기임에도 불구하고 잠든 사람들은 플롯이 아니라 이야기만을 본다고 그는 말했다.

"그때 우리는 이야기에 젖어 있습니다. 마른 상태가 되면 이야기 바깥으로 빠져나올 수 있어요. 그렇게 되면 플롯을 바꿀 수 있습니다."

"어떻게 바꾼다는 것이죠?"

"그 새벽에 제가 마주한 검은 암흑 속에는, 동료 개그맨의 소개로 로스쿨에 다니던 젊은 아내를 만나 연애하는 동안 우리가 여행한 곳의 풍경과 함께 먹은 음식과 서로에게 들려준 이야기들이 펼쳐지고 있었습니다. 누군가를 이렇게까지 사랑할 수 있을까 싶었던 밤들과 미래에 대해 함께 얘기하던 날들과 과분한 행운은 여전히 저를 행복하게 했고, 서로에게 한 말실수와 무례한 행동들과 예상치 못한 불행은 다시 봐도 여전히 괴로웠습니다. 그럴 때마다 암흑에서는 바람이 불어와 저를 깨웠습니다. 그래서 알게 된 것입니다. 암흑은 제 감정에 따라 반짝인다는 사실을. 암흑 속의 이야기를 만드는 것은 제 감정이었습니다. 보이는 대로의 삶, 표면의 삶은 제 감정상태를 보여준 것입니다. 그 사실을 깨닫는 순간부터 눈물이 쏟아지기 시작했습니다. 날벌레들이 얼굴에 달라붙는데도 그게 제 몸 같지 않았습니다.

눈물과 콧물이 범벅이 된 채로 저는 중얼거렸습니다. 부디 나를 용서해주기를. 용서해주기를. 나를."

우리는 그 용서의 대상이 죽은 아내일 것이라고 생각했다. 하지만 그게 아니라 두 사람의 관계였다고 그는 말했다. 마침내 그는 그들 관계의 처음과 중간과 끝을 동시에 볼 수 있었다. 모든 일이 그렇게 될 수밖에 없었다는 사실을 아는 상태에서 그는 그 인생을 한 번 더 살아가고 있었다. 슬퍼하고 기뻐하고 울고 웃으며 사랑하고 화를 냈다. 그제야 그는 그 이야기의 의미를 알 수 있었고 자신의 삶에서 더이상 도망치지 않아도 좋았다.

"그 깊고도 완벽한 어둠을 처음 대면했을 때 저는 죽음을 받아들인다고 생각했지만, 그건 제 삶을 받아들이는 일이었습니다. 한참을 울고 난 뒤 저는 베란다 밖의 그 암흑을 바라봤습니다. 이제 그건 너무나 아름답고 영롱한 삶이었습니다. 그 모든 기쁨과 슬픔, 환희와 좌절 속으로 저는 다시 들어갈 수 있기를 간절히 원했지요. 저는 그 깊고도 완벽한 암흑을 향해 손을 뻗었습니다."

그렇게 신기철씨의 오른손은 암흑 속으로 빨려들어갔다.

"제 몸이 모두 검정에 물들고 얼마나 지났을까, 저는 괜찮아요, 무서우면 소리를 질러도 좋아요, 라고 말하며 누군가의 등을 두들기고 있더군요. 그래서 깊은 암흑을 통과해 그 객실 승무원의 마음으로 들어간 줄 알았습니다. 하지만 그게 아니었습니다."

"그게 아니라면?"

"저는 저로 돌아갔습니다. 다만 아내가 죽지 않은 이야기 속의 저, 그러니까 이전의 삶에서는 실현되지 않았던, 무한한 가능성의 이야기에서 살아가는 무한한 저 중의 하나인 저였습니다. 그 이야기 속에서 저는 슬퍼하는 아내를 안고 있었습니다. 누군가를 위로하기 위해 그 마음을 모두 이해해야 하는 것은 아니었습니다. 우리의 발밑에 광부들의 세계가 있다는 것을 아는 것만으로도 우리는 광부들을 존재하게 할 수 있습니다. 그 이야기 속에서 저는 여전히 아내의 마음을 이해하지 못하는 사람이었지만 거기 제가 이해하지 못하는 아내의 마음이 있다는 것은 알 수 있었습니다. 그렇게 그 이야기의 저는 아내를 계속 존재하게 했습니다."

깨어난 뒤 그는 호텔 방에 있던 컴퓨터 앞에 앉아 그 이야기를 글로 썼다. 충분히 가능했던, 그러나 실현되지는 않았던 이야기를.

"굳이 그것을 글로 쓰고, 게다가 출판까지 한 이유는 무엇입니까?"

그게 우리의 마지막 질문이었다.

 # 녹취 04

『위건 부두로 가는 길』에서 조지 오웰이 광부들의 세계에 대해 언급하는 장면을 제가 좋아한다고 말했던 거, 기억납니까? 그 세계는 우리가 디디고 선 이 땅의 아래에 있습니다. 지상의 사람들은 몰라도 되는 세계지만 그렇다고 해서 없는 세계는 아닙니다. 우리가 알든 모르든 광부들의 세계는 존재합니다. 조지 오웰에게 소설가란 이 두 세계 사이를 넘나드는 존재입니다. 비유하자면 소설가는 마르고 젖은 존재인 셈이죠. 소설가는 몰라도 되는 세계를 인식함으로써 그 세계를 가능하게 합니다. 그러니 글쓰기는 인식이며, 인식은 창조의 본질인 셈입니다. 그리고 창조는 오직 이유 없는 다정함에서만 나옵니다. 조지 오웰이 광부들의 세계에 대해 말한 것도 다정함 때문입니다. 타인에게 이유 없이 다정할 때 존재하지 않았던 것들이 새로 만들어지면서 지금까지의 삶의 플롯이 바뀝니다. 그러면 지금 이 순간 가능성으로만 숨어 있던 발밑의 세계가 우리 앞에 펼쳐집니다. 깨어나는 경험이 없었다면 저는 그 사실을 전혀 알지 못했을 것입니다. 비록 저는 그 사실을 모르고 살았지만, 제 뒤에 오는 사람들은 지금 쓰러져 울고 있는 땅 아래에 자신이 모르는 가능성의 세계가 존재하고 있다는 사실을 알았으면 합니다. 원한다면 얼마든지 그 세계를 실현시킬 수 있다는 사실을 알았으면 합니다. 오직 이유 없는 다정함만으로 말입니다. 제가 소설을 쓰고 출판하는 이유는 거기에 있습니다.

저녁이면 마냥 걸었다

I

팔복서점에 대한 이야기를 들은 건 이 주 전 화요일이었다. 그간 우리의 활동을 촬영해온 이진혁씨가 개인전을 한다며 우리를 초대했기에 서촌에 있는 갤러리를 찾아갔다. 전시 제목은 '마치 한 번도 살아보지 못한 사람처럼'이었다. 한옥을 리모델링해서 만든 곳이었는데, 조금 늦게 도착해보니 거기 앉아 막 저무는 하늘만 봐도 배가 부르겠다 싶은 마루 위에는 크래커에 치즈와 과일을 얹은 카나페, 연어오픈샌드위치, 와인과 주스 등 간소한 케이터링이 차려져 있었다. 헐렁한 카키그린색 셔츠를 입고 삐뚜름하게 서서 무슨 이야기인가를 한참 하던 이진혁씨가 막 들어서는 우리 일행을 바라봤다. 우리가 자리를 잡자, 그는 무표정한 얼굴로 느릿느릿 음절을 끊어가며 사람들에게 방금까지 하고 있던 이야기, 그러니까 어떻게 해서 그런 전시 제목을 정했는지에 대한 이야기를 이어갔다. 그래서 나는 해운대 그랜드호텔 앞의 포장마차촌에 가면 바다 쪽 포장마차들은 갈매기라는 이름으로, 뭍 쪽 포장마차들은 오륙도라는 이름으로 불린다는 부분부터 들었다. 지난해 10월, 벡스코에서 열린 국제사진페어에 참석하기 위해 부산으로 내려가는 기차 안에서 이진혁씨가 카메라 가방 속에 넣어둔 사진잡지를 꺼내 읽었고, 거기 경주의 이모저모를 소개하는 특집 속에서 팔복서점에 관한 기사를 발견했다는 사정은 나중에야 알았다.

전에 한동네에 살면서 아이들 때문에 친해진 한 여자가 콘도 회원권을 이용할 수 있다고 해서 각자 아이들을 데리고 해운대에 내려가 묵고 온 적이 있었다. 그때 아이들과 해변을 함께 걸으며 바라보던 달맞이고개의 휘황한 불빛이며, 어깨를 맞댄 젊은 연인들과 민소매 운동복 차림으로 조깅하던 외국인들이 무시로 지나가던 해안 산책로며, 쉼없이 밀려왔다 밀려나던 파도와 그 너머 멀리 광안대교의 불빛들은 여전히 선명했지만 포장마차촌은 기억에 남아 있지 않았다. 아이와의 여행이라 포장마차가 눈에 들어오지 않았는지도 모르겠다. 어쨌든 아이들이 같은 중학교에 다닐 때까지만 해도 그녀와 꽤 친하게 지냈다. 그러다가 친정어머니가 암에 걸리면서 이런저런 이유로 그녀는 이사를 갔고, 그후로 점점 연락이 뜸해지다가 결국 소식이 끊어지고 말았다. 그건 마치 멀쩡하던 줄이 끊어지며 아끼던 연이 아득히 멀어지는 광경을 지켜보는 일과 비슷했다. 그럴 수밖에 없다는 사실을 납득하면서도 너무나 아쉬웠다. 그런 이야기를 들으면 사람들은 "네 쪽에서 더 자주 연락하지 그랬니?"

라고들 말했지만, 그건 그렇지 않다. 관계라는 건 실로 양쪽을 연결한 종이컵 전화기 같은 것이어서, 한쪽이 놓아버리면 다른 쪽이 아무리 실을 당겨도 그전과 같은 팽팽함은 되살아나지 않는다.

그런 상념 속으로 한참 빠져들고 있다가 이진혁씨가 갑자기 "더이상 견딜 수가 없어서 포장마차 자리를 박차고 숙소인 그랜드호텔까지 갔는데, 거기 들어가기가 무지하게 싫은 거예요. 그래서 서 있던 택시를 무작정 잡아탔습니다"라고 말하는 소리를 듣고서야 내가 이야기를 놓치고 있다는 사실을 깨달았다. 건성으로 흘려들었던 이야기를 다시 더듬으면 다음과 같았다. 서울에서부터 여러 사람이 함께 내려갔는데, 그중에는 강연자로 참가하는 어느 대학 영문학과 교수가 있었다. 그런데 푸짐한 안주에 도수가 낮은 소주가 여러 병 비워지자 이 사람이 금방 취해버려서는 이진혁씨의 사진들을 두고 시비를 걸기 시작했다. 짧게 말하면, 유가족들은 잘못한 게 없느냐는 것이었다. 그건 자신의 사진과는 관련이 없는 이야기라고 이진혁씨가 단칼에 잘랐지만, 그 교수는 못 들은 척 취한 목소리로 거듭해서 유가족들은 잘못한 게 없느냐, 유가족들은 정말 순수하냐며 목청을 높였다. 자신의 작업과 관련해서 그런 일을 수차례 겪은 이진혁씨는 일어나지 않을 수도 있었던 사고로 가족을 잃은 사람들의 잘못에 대해서는 할 말이 없다고 대답했다. 그러자 그 교수는 자신은 그렇게 생각하지 않는다며, 정치 세력을 등에 업은 유가족의 잘못된 상황 판단이 아니었다면 그 사고가 이렇게까지 변질되지는 않았을 것이라고 주장했다. 그러면서 그 교수는 몇 마디를 더 했는데, 자신으로서는 도저히 받아들일 수 없는 종류의, 역겨운 이야기였다고만 이진혁씨는 말했다. 그러므로 거기 모인 사람들은 그 교수가 무슨 말을 더 했는지는 알 수 없었지만, 그러면서도 무슨 말을 더 했는지 알 수 있을 것도 같았다.

그때부터 나는 귀를 기울였다. 부산역으로 가달라는 이진혁씨의 말에 해운대를 빠져나온 택시는 아파트 단지를 따라 움직이기 시작했다. "지금 가면 서울행 기차가 있을까요?" 그가 묻자, 운전사는 디지털시계를 한번 바라보고는 고개를 갸우뚱거렸다. "이 시간이라면 막차 타기 어려울 텐데요." 스마트폰으로 검색해보니 밤 열한시가 지나면 더이상 서울행 기차가 없다고 나왔다. 순전히 호기심 때문이라고 설명하며, 그대로 서울까지 가면 요금이 얼마나 나올지 물어봤더니 운전사는 삼십만원만 달라고 하더라고 이진혁씨가 말했다. 그렇게 조금 더 가다보니 벡스코가 보이기 시작했고, 그는 운전사에게 다시 해운대로 차를 돌려달라고 말하려다가 그만뒀다. 다음 날 아침, 그 교수는 간밤의 일은 전혀 기억나지 않는다는 듯한 표정을 지을 텐데, 이진혁씨에게는 그 얼굴을 볼 자신이 없었다. 그는 옆자리에 내려놓은 카메라가방을 만졌다. 어디를 가든 그는 그 가방을 들고 다녔다. 그러고 보니 그 가방 안에는 기차에서 읽던 잡지가 있었다. "경주까지는 얼맙니까?"라고 이진혁씨가 물었다. "칠, 팔만원 보시면 됩니다"라는 대답이 돌아왔다. 자동차는 벡스코 앞을 지나쳐 교차로에 섰다. "여기서 왼쪽으로 가면 부산역이고요, 오른쪽으로 가면 경주입니다." 좌회전 깜빡이를 넣으며 운전사가 말했다. 좌회전 깜빡이 소리를 배경으로 들리던 운전사의 그 말에는 뭔가 운명적인 느낌이 있었다고 그가 말했다. 빰빰빰 빠암 같은, 〈운명교향곡〉 같은 그런 느낌이었다고. 그 말에 우리는 좀 웃었다. 그럼 경주로 가달라고 했다고 이진혁씨가 말했다. 그는 실내등을 켜고 잡지를 펼쳐 팔복서점의 주소를 확인했다. 내처 기사도 한 번 더 읽었다.

그러는 사이, 택시는 이내 강변으로 난 도로로 접어들었고, 얼마쯤 가다보니 앞쪽 멀리 사고라도 난 것인지 앞서가던 차들이 차례로 비상등을 깜빡이며 속도를 줄이기 시작했다. 택시는 가다 서다를 반복했다. 이제는 차를 되돌릴 수도 없다고 생각하자 오히려 마음이 편해지면서 졸음이 몰려왔다. 그쯤에서 그는 눈을 감았다. 이 말은 그때 택시 안에서 눈을 감았다는 얘기이기도 하고, 동시에 우리에게 말하면서 눈을 감았다는 뜻이기도 하다. 눈을 감은 그는 어떤 꿈, 그러니까 경주로 향하는 택시 안에서 깜빡 잠이 들었다가 꾸게 된 꿈에 대해 말하기 시작했다. 꿈속에서 그는 삼십대 중반으로 돌아가 있었다. 그는 한 여자를 만났는데, 그녀를 보는 순간, 어떤 섬광이 번쩍이면서 앞으로 두 사람 사이에서 일어날 일들이 눈앞에 펼쳐졌다. 그녀에게서 어떤 이야기들을 듣게 되는지, 둘은 어떤 도시를 가고 어떤 음식을 먹고 어떤 풍경을 보게 되는지, 어떻게 그녀를 처음 안게 되는지, 둘은 어떻게 사랑하게 되는지, 얼마나 사랑하게 되는지, 그러는 동안 둘이서 함께 몇 개의 강을 건너고 몇 그루의 벚나무를 바라보며, 얼마나 뜨거운 여름들을 보내게 되는지……

그는 다시 눈을 떴다. 꿈속에서 "어떻게 이런 일이 가능하지?"라고 그녀에게 물었다고 이진혁씨는 우리에게 말했다. 그랬더니 꿈속에서 그녀가 "지금 우리는 이미 살았던 인생을 다시 한 번 살고 있는 중이거든"이라고 대답했다고 그는 말했다.

이미 잡았던 손을, 이미 입맞췄던 입술을, 이미 안았던 몸을, 다시 한 번 잡고 입맞추고 안는다면, 다시 한 번 그 인생을 살면서도 마치 한 번도 살아보지 못한 사람처럼, 그 손을 잡고 그 입술에 입맞추고 그 몸을 안는다면, 그렇다면 과연 어떤 기분일까요, 라고 말하며 이진혁씨는 전시 제목에 얽힌 이야기를 끝냈고, 나는 몇 년 전 동네를 떠난 그 여자를 다시 생각했다. 한 번 더 그 인생을 살 수 있다면 과연 어떨까? 여름 환한 빛 아래, 어떤 사람은 곧 어머니를 잃을지도 모른다는 걱정 속에서 정든 동네를 떠나고, 어떤 사람은 창밖의 나무들을 바라보며 그녀를 동정한다면. 그 푸른 나무들 사이로 수업을 마친 아이가 돌아온다면. 마치 한 번도 살아보지 못한 사람처럼 다시 그 아이를 맞이할 수 있다면.

2

스마트폰의 지도 앱에서 팔복서점을 검색하면 이 서점이 경주의 대표적 관광지인 대릉원 옆 포석로에 자리잡고 있는 것을 확인할 수 있다. 벚꽃이 만발한 봄의 대릉원이 젊은 화랑의 낯빛처럼 환하다면, 단풍이 물드는 가을의 대릉원은 현명한 군주가 격식에 맞게 차려입은 대례복처럼 단정하다. 야트막한 철제 울타리 너머로 사시사철 변하는 대릉원의 풍광을 지켜보는 포석로의 단층 건물들은 마치 태평성대의 백성들처럼 소박하고 평화롭다. 거기 인쇄소와 조경집과 세탁소와 복덕방과 점집 들 사이에 지난 4월부터 팔복서점이 터를 잡기 시작했다. 원래 있던 철물점에서 물려받은 그대로의 나무 미닫이문을 열고 들어가면 제일 먼저 책들이 단정하게 꽂힌 서가들 사이 하얀 벽에 세로로 휘갈겨 쓴 시가 손님들 눈에 들어왔다. 다들 주인이 직접 쓴 것이라고 짐작하겠지만……

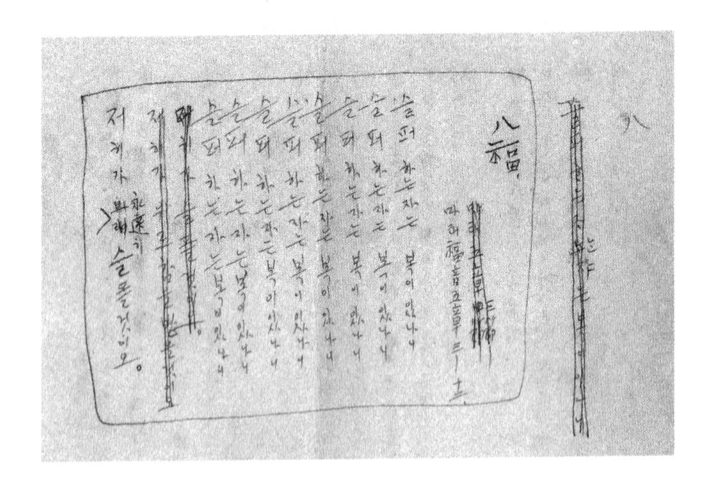

이진혁씨의 사진전을 보고 온 뒤, 나는 그가 봤다던 잡지가 자꾸 생각나 과월호를 주문했다. 기사는 팔복서점의 주인 할머니인 서지희씨가 실크스크린으로 벽에 직접 인쇄한 윤동주의 육필 원고 사진과 함께 시작됐다. 기사를 읽은 그 주의 토요일 오후, 나는 경주 팔복서점 앞 의자에 앉아 있었다. 서점 안에는 '책길' 모임에 온 사람들이 여기저기 흩어져 한가롭게 책을 읽고 있었다. '책길'이란 매주 토요일 오후, 팔복서점에 모여 차도 마시고 얘기도 나누며 책을 읽은 뒤 해 질 무렵 대릉원과 계림을 거쳐 반월성까지 갔다가 서점으로 되돌아오는 독서 모임이라고 기사에는 나와 있었다. 처음에 거기 앉을 때만 해도 나 역시 기사를 다시 읽으려고 가방에서 잡지를 꺼냈더랬다. 이진혁씨는 그 밤의 택시 안에서 팔복서점에 대한 기사를 떠올리고는 불현듯 황남동 일대의 고분군이 보고 싶어 경주까지 갔다고 전시회장에서 말했다. 그리고 그 무덤들을 보고 돌아서다가 혹시 자신이 제대로 기억하는 게 맞는가 싶어 가로등 불빛에 의지해 거기 용서라는 단어가 나오는지 기사를 다시 한 번 정독했다고 했다. 나는 그 이야기가 좋았다. 어떤 남자가 심야의 가로등 아래에서 용서라는 단어가 나오는지 확인하기 위해 잡지를 꼼꼼히 읽어보는 장면. 하지만 막상 잡지를 무릎에 펼쳐놓고는 길

건너 봉긋하게 솟은 무덤만 하염없이 바라봤다.

그렇게 앉아 있는데, "저건 천마총이에요" 하는 목소리가 들렸다. 어느 틈엔가 내 옆에 서지희씨가 서 있었다. 고개를 들어 보니 그녀는 내 무릎에 놓인 잡지를 바라보고 있었다. "저게 천마총이군요"라고 내가 그녀의 말을 되뇌었다. 서지희씨는 무덤으로 시선을 돌리며 "하늘을 나는 말 그림이 나온 무덤이죠. 신라인들은 천마가 죽은 이를 태우고 승천하리라 믿었어요"라고 말하더니, 이내 "여기, 괜찮으세요?"라고 덧붙였다. "무덤을 바라보는 게 이렇게 좋은 줄은 미처 몰랐네요"라고 내가 대답하자 "그래서 제가 이 자리를 구하려고 거짓말 안 하고 십 년을 기다렸지요"라고 그녀가 말했다. 십 년이 얼마나 긴 시간인지 나로서는 전혀 가늠되지 않았다. 그 일이 일어나고 난 뒤부터 시간은 제멋대로 흐르기 시작했으니까. 어떨 때는 시간이 그대로 멈춰 있는 듯했고, 어떨 때는 한평생이 눈 깜짝할 새에 지나간 것 같기도 했고, 또 어떨 때는 현기증이 날 정도로 과거로, 오로지 과거로만 치달았다. "배낭여행 왔다가 이 풍광에 반해 매일 들판에 앉아 하루 종일 고분군만 바라보던 독일 청년이 화제였던 적도 있었죠"라고 서지희씨가 말했다. "그 청년에게도 슬픈 일이 있었던 걸까요?"라고 내가 묻자 그녀는 웃으며

"그게 아니라 너무 아름다워서, 청년은 그 아름다움에 지칠 때까지 자리를 떠날 수가 없었다네요"라고 말했다. "누군가의 무덤을 두고 아름답다니, 그래도 되나요?"라고 내가 물었고 "그럼요, 그래도 됩니다"라고 그녀가 씩씩하게 대답했다. "원하는 만큼 보시다가 혹시 따뜻한 차가 필요하시면 언제든지 안으로 들어오세요"라고 말한 뒤, 그녀는 서점 안으로 들어갔다.

서지희씨를 만나면 묻고 싶은 게 있었는데, 차마 입이 떨어지지 않아 딴소리만 잔뜩 늘어놓은 셈이었다. 서울에서부터 마음속에 품고 온, 어떻게 그런 일을 겪고도 경주에서 살 생각을 할 수가 있었냐는, 바로 그 질문. 나는 팔복서점에 관한 페이지를 찾아 펼쳤다. 용서라는 말은 기사 말미에 나왔다. "그 사고가 일어나고 알코올중독 상태로, 분노에 사로잡혀 십 년을 보내셨다고 하셨는데, 그 분노를 어떻게 극복하셨나요?"라는 기자의 질문에, 그녀는 "전 한 번도 다른 사람에게 분노한 적이 없었어요. 제가 참을 수 없었던 것은 바로 저 자신이었어요"라고 대답했다. "모든 건 그런 저를 용서하느냐, 용서하지 못하느냐의 문제였어요"라고. 그 십 년 동안 그녀는 '가정假定의 지옥'에 갇혀 지냈다고 회상했다. 만약 그날 비가 내리지 않았다면 어땠을까? 경주행 수학여행 버스 기사가 내리막길에서 과속하지 않았다면? 아니, 아이가 문과가 아니라 이과를 선택했다면, 그래서 사고 직후 멈춰 선 뒤쪽 버스에 탑승한 아이들과 같은 반이었다면? 아니, 아니, 빈말이었을지언정 수학여행 안 가면 안 되느냐고 물었을 때 선뜻 그래, 이번에는 나도 안 갔으면 좋겠어, 라고 말했더라면? 가정의 지옥으로 흘러든 마음은 고통의 하구를 지나 마침내 죄책감의 바다에 이르렀다. 그 바다에서 모든 질문은 '너는 죽었는데 왜 나는 살아 있는가?'로 귀결됐다. 지금 나 역시 그 바다의 한복판에서 표류 중이다. 그 바다 위로 천 년 전의 푸른 무덤들이 마치 다도해의 섬들처럼 군데군데 솟아 있다.

"그래, 경주에 가보자고 결심하고 처음 내려왔을 때는 저도 아는 곳이라고는 불국사나 보문단지, 석굴암과 첨성대처럼 이름난 관광지뿐이었어요"라고, 드디어 저녁 산책에 나서기 전, 모인 사람들에게 서지희씨가 말했다. "하루 정도 둘러보고 나니 허무해지더라구요. 기껏 이런 곳을 오겠다고 그런 일이 일어났나 싶기도 하구요. 그러다가 경주박물관을 구경하고 나와 기념품가게에 들어가게 됐어요. 거기서 이 책 저 책 뒤적이는데 '2월에 흰 개가 대궐 담 위로 올라왔다'라는, 『삼국유사』에 실린 한 구절이 눈에 들어오더라구요. 그 구절을 보니 신라의 옛 성터인 반월성에 가보고 싶어졌어요. 마침 근처이기도 했구요. 그래서 박물관을 나와 걸어가는데, 해가 뉘엿뉘엿 서쪽으로 넘어가고 있더군요. 왼쪽으로 난 언덕길을 따라 올라간 뒤 석빙고 쪽으로 향하는데, 석빙고 앞에 서 있던 사람들이 다 내 뒤쪽 하늘을 올려다보더라구요. 그이들을 따라 고개를 돌렸다가 나도 소나무숲 위로 둥실 떠오르는 보름달을 보게 된 거예요. 누런 종이를 오려 붙여놓은 듯한 보름달이 어찌나 비현실적으로 아름답던지. 그 달을 바라보는데, 하얀 개가 짖어대던 그 시절 반월성에 뜬 달도 지금 내가 바라보는 달과 똑같은 것이겠지, 하는 생각이 들더군요. 갑자기 가슴이 벅차올랐어요. 그렇게 서서 보름달이 둥실 떠오르는 걸 바라보다가 관광객들이 버스로 돌아간다기에 저도 그 사람들을 따라갔어요. 올라온 길과는 달랐는데, 그게 바로 계림으로 내려가는 길이었어요. 이렇게 돌아서 저희도 이제 그쪽으로 가볼 텐데요, 멀리 보이는 첨성대를 등대 삼아 그 길을 건노라면, 들판에 내려앉은 어스름 너머로 황남동 인가의 불빛들이 나지막이 반짝이는 것이 보입니다. 그쪽을 바라보며 계속 걸어가면 빈 들판에 옹기종기 모여 앉은 멀고 가까운 무덤들이 서로 겹쳐졌다 멀어지지요. 그 풍경을 바라보는데, 저도 모르게 눈물이 흐르더군요. 달은 천 년 전의 달과 똑같은데, 사람은 한번 헤어지고 나면 영영 다시 만나지 못하는구나, 하는 생각이 들어서요. 그렇게 걸어가는 발걸음에 따라 서로 겹쳐졌다 멀어지는 무덤들을 바라보며 어스름 속을 걷는데, 시원한 저녁 바람에 기분이 좋아져 하하하 호호호 서로 농담하고 웃는 관광객들 중에 제가 우는 걸 눈치채는 사람은 아무도 없더라구요. 그래서 좋았다는 거예요, 제 말은. 아무도 제가 우는 줄을 몰라서. 여러분도 울고 싶으면 마음껏 우셔도 됩니다. 그 길을 그렇게 계속 걸었습니다. 여기 대릉원 주차장이 나올 때까지 계속 걸었어요. 그렇게 경주에 내려와 살게 됐지요. 그리고 저녁이면 마냥 걸었습니다. 여기에서는 얼마든지 걸어도 좋으니까요."

여기까지 말하고 나서 서지희씨는 "그럼 우리도 이제 걸어볼까요?"라고 물었다. 우리는 유치원생들처럼 입을 모아 "예" 하고 대답하고는 그녀를 따라 저무는 들판을 향해 걷기 시작했다.

풍화에 대하여

I

서울로 돌아오자마자 지훈이 제일 먼저 한 일은 모슬포에서 중고거래를 통해 충동적으로 구입한 소니 워크맨 카세트 플레이어로 옛 카세트테이프를 들어보는 것이었다. 작업실 책장 한쪽에는 중학생 시절부터 모아놓은 카세트테이프가 쌓여 있었다. 용돈을 모아 산 것도 있고, 곡 리스트를 적어 음반가게에 녹음을 부탁한 것도 있고, 선물받은 것도 있었다. 많이 들으면 늘어날까봐 더블데커로 공테이프에 녹음한 뒤 복사본으로만 들을 정도로 아낀 것도 있었다. 그중에서 지훈이 찾는 건 〈겨울나그네〉였다. 대부분이 팝송, 가요, 록 등 대중음악이었지만 클래식은 대개 노란색이라 금방 눈에 띄었다. 노란색은 도이체 그라마폰의 색깔이었다. 그는 카세트테이프를 찾아 꺼냈다. 커버에는 다니엘 바렌보임의 피아노, 디트리히 피셔-디스카우의 바리톤이라고 인쇄되어 있었다. 그 테이프를 그렇게 자주 들었으면서도 그 목소리의 주인이 피셔-디스카우였다는 사실은 그제야 떠올랐다. 언젠가부터 지훈에게 〈겨울나그네〉는 이언 보스트리지의 목소리였기에 피셔-디스카우는 그를 독일 가곡으로 이끈 선배 성악가로만 생각했던 것이다.

케이스에서 꺼내보니 카세트에 붙은 라벨은 막 구입한 것처럼 색이 선명했고 테이프도 단단히 잘 감겨 있었다. 그는 테이프를 들어 아래쪽의 녹음 방지용 구멍을 확인했다. 여전히 종이가 끼어 있었다. 그는 손톱 끝으로 그 종이를 끄집어냈다. 꾸깃해진 종이를 펼쳐보니 노트 한쪽을 찢어 말아넣은 것 같았다. 거기에는 아무것도 적혀 있지 않았다. 그는 플레이어에 카세트를 넣고 플레이 버튼을 눌렀다. 첫 곡은 〈밤인사Gute Nacht〉였다. 이어폰 너머로 테이프 돌아가는 소리가 들렸다. 노랫소리가 나오지 않는 건 당연했지만, 고장난 기기면 어쩌나 싶어 볼륨을 끝까지 올렸다. 테이프가 어느 정도 돌아가자 소리가 들리기 시작했다. 아주 미세한 소음과 그녀의 목소리가. 그거 아니? 스며든 빛에서도 소리가 난다는 거?

며칠 전, 모슬포의 한 호텔에 있을 때, 그는 낯선 번호로 걸려온 전화를 받았다가 무방비 상태에서 이십여 년의 세월을 건너온 그 목소리를 들었다. 지훈아. 목소리는 그대로였다. 그는 아무 대답도 할 수 없었다. 입이 떨어지지 않았다. 지훈이니? 지훈이 맞니? 목소리가 이어졌다. 그는 전화를 끊고 침대에서 일어나 곧장 화장실로 들어갔다. 그리고 차가운 물을 틀어 그 아래 한참 손을 갖다대고 있었다. 두 손을 적신 물이 배수구로 흘러내려갔다. 잠시 뒤, 다시 전화벨이 울렸다. 지훈은 숨을 길게 들이마신 뒤, 수건으로 두 손을 닦고 천천히 침대로 걸어갔다. 그때까지도 벨소리는 끈덕지게 울리고 있었다. 지훈은 핸드폰을 귀에 대고 여보세요, 라고 말했다. 네, 맞아요, 저 지훈이에요, 라고 계속 말했다.

2

그녀는 경주 시내의 한옥집에서 살고 있으며, 가족은 없다. 아들이 하나 있지만 오래전에 이혼한 변호사 남편이 키웠고 지금도 자주 만나지는 못한다. 몹쓸 병이 생겨 입퇴원을 반복하고 있으며, 곧 또 입원할 예정이다. 게다가 코로나 때문에 일단 병원에 들어가면 면회고 뭐고 모두 금지돼 주위에서 더 걱정이 심하다. 전화할까 말까 오래 망설인 끝에 연락했다. 병원에 들어가기 전에 경주에 한번 다녀간다면 얼굴이라도 볼 수 있겠다. 그녀와의 통화를 통해 지훈이 알게 된 정보는 그 정도였다. 신경주역에서 내려 그녀가 알려준 황리단길의 카페까지 택시를 타고 가는 동안, 그는 그녀의 이름과 경주를 검색창에 쳐 넣고 구글링을 했다. 그녀는 경주에서 일인 건축사무소를 뜻하는 아틀리에를 운영했으며, 인근 도시의 전문대학에 강의도 나갔다. 지훈이 익히 알던 화려한 이력에 비해서는 다소 초라한 경력이었다. 딱히 그래서만은 아니었지만, 괜히 만나러 왔나 싶은 마음도 들었다. 늘 멋진 모습만 보여주려던 사람으로 지훈은 그녀를 기억하고 있었기 때문이다.

황리단길은 낯선 이름만큼이나 지훈이 기억하는 대릉원 옆 황남동의 모습과는 완전히 달랐다. 예전에는 쇠락한 고도의 여염집들이 모여 있는 동네 같았는데, 이제는 대도시의 번화가와 별반 달라 보이지 않았다. 한창 코로나가 유행하고 있음에도 젊은 남녀들이 거리를 가득 메우고 있었다. 그녀가 알려준 카페는 대릉원의 담벼락을 따라 골목 안으로 들어가야 했는데, 거기에도 카페와 음식점과 가게 들이 즐비했다. 카페에 들어가니 젊은 커플들뿐이었다. 언젠가 시각장애의 본질은 보지 못한다는 게 아니라 보여지지 않는다는 것이다, 라는 문장을 읽은 적이 있는데 나이듦의 본질도 마찬가지다. 자신의 감각능력이 점점 떨어지는 것도 문제였지만, 더 큰 문제는 타인의 감각 대상에서 멀어진다는 점이었다. 그렇게 감각 대상에서 멀어지면 모든 존재는 사라지게 되어 있었다. 오래전, 그녀의 수업시간에 배운 것이었다.

“멀리 있는 것은 작아. 가까운 것은 크고. 이게 원근법의 원리지. 이게 뭘 뜻하는지 아는 사람?”

그녀가 학생들에게 물었다. 대학교 수업에서 원근법이라니, 다들 시큰둥한 반응이었는데 지훈이 손을 들었다.

“보는 사람의 눈의 위치와 관련이 있는 거 아닐까요?”

“그래, 우리의 위치가 모든 걸 결정해. 우리가 감각하는 세상에는 절대적으로 크거나 절대적으로 작은 것이 없어. 멀고 가까운 것만 있는 거야. 그러니 어떤 대상의 크기는 우리가 어디에 있느냐에 달려 있어. 그 위치가 우리의 의지를 뜻해. 아무리 크다고 해도 우리 위치에 따라 얼마든지 작게 만들어버릴 수 있어. 그러다가 아주 멀어지면 어떻게 되지?”

“소실점으로 사라집니다.”

지훈이 대답했다.

“우리가 바라보는 물리적 세계에는 그런 소실점들이 한두 개가 아니지. 지금도 수많은 것들이 그 소실점으로 사라지고 있어. 이게 우리가 사는 물리적 세계의 참모습이야. 그럼 그 사라지는 것들 앞에서 우리가 해야 하는 일은 뭘까?”

지훈의 눈을 바라보며 그녀가 물었다. 그게 존경의 시작이었다. 어쩌면 매혹이었을지도.

3

젊은 남녀 사이에 혼자 앉은 모습 때문에 금방 알아본 것이겠지만, 카페로 들어온 여자는 서슴없이 지훈의 자리까지 걸어와 대뜸 "정현진 선생님을 만나러 오신 분, 맞습니까?"라고 물었다. 지훈이 고개를 드니 마스크를 쓴 여자가 앞을 막고 서 있었다. 비만이라고 할 정도로 몸집이 큰 여자였다. 지훈이 고개를 끄덕이자, 그녀가 말했다.

"돌아가주세요."

도무지 나이를 가늠할 수 없는 그 얼굴을 바라보면서도 지훈은 자신이 환청을 들었나 싶었다. 마스크를 쓰고 있어 입이 보이지 않아서였을지도 모르겠다.

"뭐라고요?"

지훈이 물었다.

"선생님이 나오실 수 없는 사정이 생겨 제가 대신 그분 말씀을 전하려고 나온 겁니다. 이대로 돌아가주세요."

호의를 가지고 문을 두들겼다가 박대를 당한 기분이 들어 지훈은 당황스럽고 또 창피했다. 그러고는 갑자기 오싹한 느낌이 밀려왔다.

"아니, 어젯밤에 통화할 때까지만 해도 그런 말씀이 없었는데, 갑자기 무슨 사정이 생긴 것입니까?"

오싹한 느낌이란, 그녀가 말하는 선생님이 이미 죽었을지도 모른다는 예감이었다.

"선생님한테 지금 무슨 일이 생긴 건가요? 솔직하게 말씀해 주세요. 살아 계십니까?"

그러자 여자는, 원망하는 혹은 경멸하는 듯한 눈초리로 그를 내려다봤다.

"자세한 건 말씀드릴 수가 없고, 돌아가달라는 말만 전하라고 들었습니다. 저는 그 말을 전하려고, 이 상황에, 이 빌어먹을 카페까지, 온 거라구요."

여자가 말했다. 어쩌면 선생님이 갑자기 죽은 건 지훈과 연락이 닿았기 때문이라고 생각하는 듯이. 그러지 않고야 이해할 수 없는 적대감이라고 지훈은 생각했다.

"그분이랑 직접 통화해보고 나서 돌아가든지 말든지 할 테니까 저한테 그렇게 강압적으로 말하지 마세요."

지훈이 말했다.

"전화해도 못 받으실 거예요. 그냥 돌아가주세요."

여자의 경고에도 아랑곳 않고 지훈은 핸드폰을 꺼냈다. 통화 목록에는 현진의 번호가 그대로 남아 있었다.

"그쪽은 정현진씨랑 어떻게 되는 사이입니까?"

지훈이 여자에게 물었다.

"그러는 그쪽은 무슨 사이입니까?"

여자가 도발적으로 되물었다. 지훈은 대답하지 않았다. 아니, 대답할 수 없었다. 지훈이 전화를 걸자마자 여자의 가방에서 벨소리가 흘러나왔고, 그게 신호라도 되는 양 여자가 무너지듯 그 자리에 그대로 주저앉았기 때문이다.

4

그들이 서로 멀어지고 난 뒤, 그녀가 어디에서 무엇을 하며 살았는지 지훈은 전혀 알지 못했다. 학부생이었던 지훈과의 불미스러운 일이 학교에 알려진 뒤, 그녀는 불명예스럽게 강단을 떠나야 했다. 그뒤로 이따금 부러 그녀의 소식을 전해주는 선배나 동기 들이 있었지만 그때마다 그는 정색하고 그들을 피했고, 얼마 지나지 않아 지훈 역시 학교를 다닐 처지가 못 되어 결국 휴학하고 말았다. 그후 그는 고향에 내려가 사촌 형이 운영하는 골프연습장에서 아르바이트를 하며 지냈다. 돈 많은 손님들은 골프장에서 일하는 청년을 안하무인으로 대했는데, 그게 끔찍하게 싫으면서도 나쁘지 않았다. 일하러 가다가 멀리 골프연습장의 거대한 구조물이 보일 때면 어김없이 싫다는 느낌이 마음 깊은 곳에서부터 솟구쳐올랐다. '누구도 다가오려 하지 않는 곳이다.' 구조물의 사선들을 바라보며 지훈은 생각했다. '나는 소실점으로 사라지고 있는 중이다.' 자신의 자서전에서 가장 어두운 페이지를 쓰고 있다고 생각하던 그 시절, 그를 지탱한 것은 두 개의 테이프였다. 하나는 〈겨울나그네〉에 녹음된 소리들. 스며든 빛의 소리들. 인생에서 가장 가까운 지점에 도달한, 그리하여 서로에게 전부가 될 정도로 커버린 두 사람의 소리들. 다른 하나는 아르바이트를 마치고 돌아가는 길에 동네 비디오가게에서 한 편씩 빌려 보던 비디오테이프였다. 어느 정도 영화들을 보고 나니, 그녀와 자신 사이에 일어난 일은 지금까지 인류가 수없이 되풀이해온 일과 다르지 않다는 생각이 들었다. 하나를 얻고 하나를 잃는 이야기. 지훈은 자신이 얻은 것은 무엇이고 잃어버린 것은 무엇인지 생각했다. 얻은 것은 기억되는 것들이었다. 그녀가 책과 작가에 대해 말하는 방식은 너무나 매혹적이었다. 건축을 전공했음에도 그녀의 강의에서는 아도르노와 카프카와 아베 코보와 장 그르니에가 종횡무진 인용됐다. KBS 1FM이 늘 흘러나오던 그녀의 작업실에서 건축보다는 글을 쓰고 싶다는 그의 고민을 털어놓는 동안 매끈한 원목 테이블 위로 비치던 하오의 빛에 대한 기억도, 좋아하던 단어인 물매pitch, 풍화weathering, 마감finish 등을 말할 때 그녀의 목소리가 어떻게 울렸는지도, 지훈에게는 선명하게 남아있었다. 그 빛 속으로는 두 사람의 호흡에 따라 작고 가벼운 것들이 떠다니고 있었다. 그리고 잃어버린 건 기억되지 않는 모든 것들이었다. 두 사람이 어떻게 그처럼 가까워지게 됐는지, 어떻게 서로에게 전부가 되었는지, 지훈은 기억하지 못했다. "어쩌다가 우리가 이렇게 되었을까?"라고 그녀는 여러 번 말했다. 그 말들은 기억하면서도 서로 안고 만지고 키스하며 사랑했던 그 모든 몸짓은 기억되지 않았다. 건축보다는 텍스트가 더 위대하다는 위고의 말을 신봉했지만, 텍스트는 그들의 사랑에 대해 아무것도 기억하지 못했다. 지훈은 그 시절의 일들을 몇 번이고 시나리오로 써보려고 했지만, 아무것도 쓸 수 없었다. 사랑이란 제 쪽에서 타인을 바라볼 때의 감각이었다. 그것에는 절대적인 크기가 없었다. 멀어지던 그 순간부터 그녀의 살갗이 와 닿을 때의 촉감이나 자신을 쓰다듬던 손길은 전혀 되살아나지 않았다. 멀어지던 바로 그 순간부터 풍화는 시작되었다. 그리하여 그녀의 몸이 어떻게 생겼는지, 목소리는 어땠는지, 심지어는 그 얼굴이 어떻게 생겼었는지조차 잊어버리게 됐다. 지훈은 그녀의 강의를 평생 잊을 수 없었다. 누구도 스스로 존재할 수는 없다. 누군가를 존재하게 하기 위해서 우리는 가까이, 더 가까이 다가가야 했다.

5

여자는 맞은편 의자 위로 무너지듯 주저앉았다. 지훈이 전화를 끊자 작게 울리던 벨소리도 이내 멈췄다. 자리에 앉은 여자는 울기 시작했다. 겨울이었지만, 노란 햇살이 따사롭게 카페의 뜰을 비추고 있었다. 어쩐지 이해할 만한 울음이라고 지훈은 생각했다. 지난 보름 동안의 일들이 그에게는 꿈처럼 느껴졌다. 지금까지의 세계는 급속도로 풍화되고 있었지만 누구도 그 사실을 알지 못했다. 풍화는 건물 표면에 밝은 부분과 어두운 부분의 대비라는 영구적인 음영을 남긴다. 풍화가 만들어내는 빛과 어둠, 크고 작음, 또렷함과 모호함, 실재와 가상, 미켈란젤로적인 의미의 '살아 있는' 돌과 '죽은' 돌, 정신과 물질의 대비는 풍요로 착각되지만, 그것은 파괴로 가는 전 단계에서 일어나는 잠시의 풍요이다. 그녀가 풍화에 대해 말한 건 석모도의 소금창고에서였다. 그녀도 그 말을 대학 시절 교수에게서 들었다고 했다. 그 교수는 자기 고향의 소금창고들 옆에 침묵의 집을 지었다고 했다. 인근에서 나온 볏짚으로 사십 센티미터나 되는 단열벽체를 쌓은 뒤, 흙과 회반죽으로 마감한 집. 매년 벽체를 새로 만들지 않고 시간의 흐름에 따라 표면이 갈라지고 부서지며 안의 재료들이 드러나게 만든 집. 석모도에 간 건 두 사람에 관한 나쁜 소문이 학교에 퍼지기 시작할 무렵이었다. 가는 내내 둘은 아무 말 없이 지훈이 가져간 〈겨울나그네〉만 반복해서 들었다. 싫지 않으세요? 지훈이 물었다. 뭐가? 사람들이 떠드는 이야기들. 난 싫지 않아. 원래 그런 사람들이니까. 작가가 되시지 왜 건축을 공부하셨어요? 그러자 그녀가 웃었다. 난 건축이 좋아. 네가 좋은 것처럼. 지훈이 그녀의 목소리를 녹음해야겠다고 생각한 것은 바로 그때였다. 그때가 두 사람이 제일 가까웠던 순간이었다. 그후로는 소실점을 향해 멀어질 일만 남아 있었다.

석모도로 들어간 두 사람은 그때 이미 폐가처럼 부서져버린 침묵의 집으로 향했다. 처음 지어졌을 때, 그녀가 아직 대학생일 때, 그 안에는 완벽한 침묵과 어둠뿐이었다고 했다. 침묵의 집에 들어서면서 지훈은 그녀에게 카세트 플레이어를 들어 보였다. 풍화의 소리를 녹음할 거예요. 그렇게 〈밤인사〉는 지워지기 시작했다. 빅토르 위고는 한 소설에서 책이 건축보다 더 오래간다고 말했지. 시간의 풍화를 막는 책의 물매가 건축의 물매보다 더 싸게 먹히기 때문이야. 책은 얼마든지 복제할 수 있지만, 건축은 그럴 수 없으니까. 하지만 책은 아무리 오래되어도 새로운 내용을 드러내진 않아. 어떤 질문에도 책은 정해진 이야기만 반복할 뿐이지만 풍화되는 건축은 항상 새로운 대답을 내놓지. 쇠퇴한다는 것, 몰락한다는 것, 풍화한다는 것은 바로 이런 의미야. 오스카 와일드는 이런 말을 한 적이 있어. 영혼은 늙게 태어나 시간이 갈수록 어려지는데 이것이 인생의 희극이다. 반면에 육체는 어리게 태어나 점점 더 늙어가니 이것이 인생의 비극이다. 만들어진 모든 것들은 풍화되어야만 영혼이 드러나게 돼 있어. 폐허마다 영혼이 드러나. 모든 것이 떨어져

나갔기 때문에 저절로 드러나는 영혼이지. 이 폐허는 끝이 아니야. 이건 이 집의 가장 어린 영혼, 새로운 시작이야. 알겠니? 그다음은 바람과 빛이 새어드는 소리, 그리고 다시 피셔-디스카우의 노래가 이어졌다. 성문 앞 우물가에 서 있는 보리수. 그 그늘 아래에서 수많은 단꿈을 꾸었네. 그때까지도 지훈의 앞에서는 한 여자가 울고 있었다.

• 이 소설의 제목은 모센 모스타파비와 데이빗 레더배로우의 『풍화에 대하여』에서 따왔습니다.

위험한 재회

생의 첫 해트트릭은 그토록 대단한 일이었다. 학교 운동장에서 시합을 하던 일요일이었다. 세번째 골이 들어가는 순간 기태는 오른손으로 왼쪽 가슴을 만지며 하늘을 올려다봤다. '국기에 대한 맹세'를 하는 사람처럼.

너무나 경건한 자세여서 기태를 막지 못한 수비수들도, 기태를 축하하기 위해 달려가던 공격수들도 모두 그 자리에 멈춰섰다. 심장이 터질 것 같다고 기태는 생각했다. 공을 막지 못했다는 사실 때문에 화가 난 골키퍼만이 뭔가 이상하다는 사실을 눈치채지 못하고 하프라인 쪽으로 공을 걷어찼다.

십 년 전 올려다보던 하늘과 다를 바 없는 푸른 하늘 위로 축구공이 날아가는 모습을 기태는 바라봤다. 기태의 핏줄 속에 자리잡은 고통의 빈틈이 무한한 슬픔을 빨아들이고 있었다. 기태는 쓰러졌다.

그날의 경기는 중단되었고 기태의 첫 해트트릭은 비공식 기록으로 남게 되었다. 고기도 먹어본 사람이 먹는다고 해트트릭도 자주 해봐야 이런 사고가 안 생긴다고, 운동복 차림 그대로 병원 응급실까지 따라간 조기축구회 총무는 정신을 잃고 누워있는 기태를 바라보며 중얼거렸다.

3은 완벽한 숫자다. 해트트릭이 우리를 매료시키는 건 3이 가진 힘 때문이다. 처음 세 번까지가 중요하기 때문에 그다음부터는 안 헤아려도 된다. 세 판이면 승부는 끝난다. 동맥의 경우도 마찬가지다. 동맥은 모두 세 겹의 막을 지니고 있다. 기태의 동맥은 가장 안쪽에 있는 막이 터진 경우였다.

"손흥민 선수가 프리미어리그에서 세번째 해트트릭을 넣었다는 뉴스 보셨나요? 분데스리가에서도 이미 두 번이나 넣었거든요. 유소년 때도 몇 번이나 해트트릭을 기록했겠죠. 이게 무슨 소리냐면, 선생님의 동맥이 터진 건 해트트릭과 아무 관련이 없다는 뜻입니다. 그랬다면 손흥민 선수의 동맥은 남아나지 않았겠죠. 그러니 이제는 더이상 축구를 하면 안 됩니다. 그냥 공을 쫓아가는 것도 안 됩니다."

의사가 말했다. 그 말에 기태는 고개를 숙였다. 의사는 헛기침을 몇 번 했다.

"결혼은 하셨습니까? 사귀는 분은 있습니까?"

기태는 질문마다 고개를 저었다.

"불행 중 다행이군요. 관계를 가져도 문제가 될 수 있거든요. 풍선을 생각하세요. 한쪽에 힘을 가하면 다른 쪽이 터집니다. 이런 말을 들어도 기분 나쁘게 생각하지 않는 연습을 하세요.

무엇보다도 화를 내지 않는 게 가장 중요하거든요. 거짓말을 해서도 안 됩니다. 어떤 거짓말이냐에 따라서 심장이 크게 뛰기도 하거든요. 자신을 있는 그대로 드러내고, 있는 그대로 받아들이세요. 다들 그랬으니까."

의사가 말했다.

왜 자신에게 이런 일이 일어나는지 이해할 수 없었지만, 의사의 충고대로 기태는 받아들이기로 했다. 자신이 손흥민 선수가 아닌 것은 분명했으니까. 병상에 누워 이런저런 생각에 잠긴 기태의 머리 위로 어떤 풍경이 스쳐 지나갔다. 동맥의 가장 안쪽 막이 터지던 그 순간, 그러니까 세번째 골을 넣은 뒤 가슴을 부여잡고 하늘을 바라보던 그 순간, 기태는 언젠가 자신이 똑같은 일을 겪은 적이 있다는 사실을 깨달았다.

가슴속에 숨어든 고통이 무한한 슬픔을 빨아들이는 일, 그건 기태가 대학 시절에 이미 경험한 것이었다. 화영과 헤어지고 집으로 돌아오던 날이었다. 가슴이 터질 듯 아팠다. 동맥의 가장 안쪽 막이 터지는 고통 따위와는 비교할 수도 없었다. 그날도 기태는 오른손으로 왼쪽 가슴을 만지며 하늘을 올려다봤었다.

"너는 사랑이 뭔지도 모르는 사람 같아. 인생에 죄가 있다면 시간이 남아도는 일이야. 더구나 사랑하는 동안에도 나를 그렇게 방치한 네가 이제 와서 할 소리니?"

백두대간 종주를 마치고 돌아왔을 때, 화영의 마음은 이미 변한 뒤였다. 변명 끝에 기태는 이제는 화영을 사랑하지 않는다며 거짓말을 했다. 그러고도 몇 번 더 화영을 만났다. 그렇게 거듭된 거짓말에 동맥은 약해졌으리라.

살아서 집으로 돌아온 뒤, 기태는 의사가 말한 대로 연습을 하기 시작했다. 세상을 받아들이는 연습. 이해할 수 없는 일들에 마음을 쏟지 않는 연습. 그러나 세상에는 이해할 수 없는 일들투성이였다. 그런 세상에서 살아남기 위해 기태는 어떤 일이든 받아들였다. 이해할 수 없어도 받아들일 수는 있었다. 기태의 생명은 그렇게 연장됐다. 납득하지 못하는 순간, 기태의 삶은 중단될 것이다.

그러던 어느 날, 지하철을 타고 가는데 낯익은 얼굴이 갑자기 눈앞에 나타났다. 화영이었다. 대학 때 헤어진 이후 첫 재회였다. 기태가 아는 체를 했다. 중간에 내린 두 사람은 가까운 커피숍으로 갔다. 어디 사느냐, 뭐 하고 사느냐 등등의 스몰토크 끝에 기태는 화영이 아직 미혼이라는 것을 알았다.

그러다가 갑자기 이제 가봐야겠다며 화영이 자리에서 일어섰다. 당황한 기태는 왼쪽 가슴에 손을 대고 그 상황을 받아들여야 한다고 생각하면서 그 이유를 물었다.

"나는 아직도 그때 왜 우리가 헤어졌는지 잘 모르겠어. 이렇게 너를 보니, 그때 내가 느꼈던 감정들이 고스란히 다시 떠올라서 힘드네. 그때 우린 너무 어렸어."

기태의 심장이 터질 듯이 부풀어올랐다.

"그건 네가 다른 남자를 사귀었기 때문이었어."

자신이 아는 진실을 기태가 말했다.

"그렇지 않아. 나는 너를 사랑했어. 그런데 너는 나를 너무 오래 방치했어. 나는 사랑이 그런 것이라고 생각하지 않았어. 그건 나를 사랑하지 않는 사람의 행동이었어."

화영 역시 자신이 아는 진실을 말했다.

"넌 나한테 사랑하지 않는다고 말했어."

화영이 마침내 말했다. 기태는 오른손에 더욱 힘을 주었다. 그건 받아들일 수 없는 말이었다. 하지만 받아들여야 했다. 그러지 않으면 이제 두번째 막이, 그리고 또 세번째 막이 터질 테니까.

"나를 사랑하긴 한 거야?"

화영이 물었다. 기태는 고개를 끄덕였다.

"그런데 어떻게 그렇게 헤어질 수가 있어? 난 그 모든 상황이 이해가 가지 않아."

화영이 이해하지 못한다고 해도 인생은 그런 것이다. 납득해야만 하는 것이다. 그래야만 살아갈 수 있으니까. 그때도 지금처럼 서로 얘기했다면 헤어지는 일은 없었을지도 모른다. 하지만 이제 와서 십 년 전의 일을 따져가며 왜 그랬냐고 묻는 건 무의미했다. 시간이 지나고 나면 모든 일들이 납득되리라. 기태는 그렇게 생각했다.

그러나 정작 입에서 나온 말은 달랐다.

"지금까지 너를 잊고 산 적은 단 하루도 없었어. 지금도 너를 사랑해."

기태의 동맥에는 막이 하나 없었다. 나머지 두 개의 막을 보호하려면 자신도 받아들일 수 없는 거짓말을 해서는 안 된다. 그런 게 인생이라고 뭉개면서 거짓말을 해서는 안 된다. 진실만을 말해야 한다. 그러지 않으면 인생은 터져버릴 것이다.

화영은 놀란 듯 가만히 기태를 바라봤다. 그리고 한참 지나서야 그게 무슨 말인지 알아들었다는 듯이 고개를 끄덕이며 말했다.

"그건 나도 마찬가지야."

이로써 기태의 생명은 연장됐다.

관계성의 물

I

나의 첫 직장은 잡지사였다. 남들보다 다소 늦은 취업이었다. 거기서 그녀를 처음 만났다. 그녀는 나와 마찬가지로 기자였다. 편집부에는 두 종류의 기자가 있었다. 모델 등과 함께 일하며 패션 화보를 구성하는 기자와 인터뷰나 특집기사를 작성하는 기자. 우리는 후자에 속했다. 그녀는 나보다 입사가 몇 년 빨랐다. 나보다 나이가 어린 그녀를 나는 꼬박꼬박 선배라고 불렀다.

그렇게 지시한 것은 국장이었다. 신문사에서 기자 생활을 시작한 국장은 후배들에게 자기가 좋다고 믿는 것을 물려주려고 했다. 예를 들면, 기수 문화 같은 것들. 그게 좋은 건지는 잘 모르겠지만 어쨌든 그녀를 선배라고 부르는 것에는 어떤 불만도 없었다. 다만 호칭이란 관계의 문제에 속하니 내 쪽에서 아무 불만이 없더라도 상대가 거북하게 여기면 곤란했다. 다행히도 그녀는 선배라는 호칭에 조금도 당황하지 않았다. 그녀가 바로 처음이자 아마도 마지막이 될 게 분명한, 나의 사수다.

첫 인터뷰이는 배우였다. 사전에 매니저와 약속한 장소에 그녀는 나타나지 않았다. 나는 늦잠을 잤다는 그녀를 찾아 홍대 앞 미용실까지 갔다. 헤어와 메이크업을 모두 마치자 사진기자가 그녀를 촬영하고 먼저 회사로 돌아갔다. 나는 그녀에게 조금 걷자고 했다. 그렇게 둘이서 홍대 앞 거리를 걸었다. 멀리서도 다들 그녀를 알아보는 바람에 인터뷰가 쉽지 않았다.

걷다보니 놀이터가 나왔다. 그녀는 그네를 타고 싶다고 했다. 하얀 드레스를 입고 두 발을 굴려가며 그네를 타는 배우 옆에 서서 나는 인터뷰를 했다.

그렇게 나의 첫 인터뷰가 끝났다.

2

인터뷰 기사를 읽은 그녀는 별말 없이 내게 프린트한 원고를 돌려줬다.

"괜찮은가요?"

내가 물었다. 그녀는 대답 대신 웃었다. 며칠 동안 가까이 지내며 그녀가 어디까지 웃을 수 있는지 지켜봤기에 좀 애매한 웃음이라는 생각이 들었다.

"다시 써보면 어떨까요? 아무래도 처음이니까."

그렇게 말한 뒤, 그녀는 자리로 돌아갔다. 나는 그녀가 놓고 간 원고를 읽었다. 어딘가 달라진 느낌이었다. 내 원고에 무슨 일이 일어난 것일까? 그녀에게 건넬 때까지는 괜찮았는데, 돌아오니 형편없어졌다. 국장은 내게 수습기간이 필요하다며 따로 말할 때까지는 양복을 입고 출근하라고 했었는데, 그러고 보면 넥타이를 매고 쓴 기사들은 죄다 그랬던 것 같다. 역시 정장을 입고 썼기 때문일까? 그럴지도. 그러니까 수습기간이라고 불렀겠지만. 그 기간 동안 나는 돌려받은 기사를 고치거나 아예 새로 썼다. 그 기사도 처음부터 새로 썼다.

첫번째 마감이 끝나고 잡지가 나와 훑어보니, 그 인터뷰 기사는 빠져 있었다. 나는 고개를 들어 주위를 둘러봤다. 마감이 끝나서인지 편집장을 비롯해 기자들은 대부분 자리를 비워 사무실에는 그녀와 나뿐이었다. 나는 다른 사람들의 기사를 읽은 뒤 잡지를 내려놓고 화장실로 가 비누로 손을 씻었다. 손가락 사이와 손톱 밑까지 깨끗하게.

사무실로 돌아오니 그녀도 자리에 없었다. 대신 나는 그녀의 파티션에 붙은 사진 한 장을 보게 됐다. 그건 줄 위에 서 있는 사람을 올려다보는 두 아이의 모습을 찍은 것이었다. 큰 서커스 천막 안인 것 같았는데, 나는 그 사진을 한참 들여다봤다. 사진 속의 곡예사가 어쩐지 그녀 같다는 생각이 들었다.

시간이 지나면서 나는 그녀에게 사람을 대하는 독특한 방식이 있다는 사실을 알게 됐다. 그녀는 파티션에 붙은 그 사진 속의 곡예사처럼 두 사람의 관계 사이에 그어지는 선, 바로 그 위에 정확하게 서는 법을 알고 있었다. 그 줄 위에서 그녀는 관계의 미묘한 변화를 감지하며 아무리 작은 것이라도 상대의 호의나 애정, 때로는 복종까지도 끌어내고 있었다. 내게서 선배 대접을 받으면서도 전혀 어색해하지 않은 이유도 거기에 있었다. 묘한 재능이라고 나는 생각했다.

"무슨 일인가요?"

등 뒤에서 그녀의 목소리가 들렸다.

"이 사진 보고 있었어요."

"전시회 소개 기사 쓰면서 생긴 사진이에요."

"이 사람, 어쩐지 선배 같다는 생각이 드네요."

"다리만 보이긴 하지만 링링 브라더스 서커스의 미스 롤라라는 곡예사예요. 나는 줄 같은 것은 못 타요."

그러고는 덧붙였다.

"줄 타는 사람을 만난 적은 있지만."

3

우리는 회사 밖에서 따로 만나기도 했다. 몇 번이고 고쳐 쓴, 나의 첫 인터뷰 기사가 잡지에서 빠진 일이 계기가 됐다. 그녀가 먼저 내게 술을 사겠다고 했다. 마다하지 않고 그녀를 따라 회사에서 가까운 지하철역 근처의 바로 갔다. 거기서 둘이 공유할 수 있는 이야기를 나누다가 늦지 않게 자리에서 일어나 지하철을 타고 각자 집으로 돌아갔다. 직접적인 위로 같은 것은 없었지만, 그 시간 자체만으로도 내겐 무척 도움이 됐다.

그뒤로 자주는 아니었지만, 우리는 이따금 그 바에서 그런 식으로 술을 마셨다. 그러니까 서로에게 혹은 누구에게도 무해한 잡담, 이를테면 영화나 책에 대한 감상평이나 최근에 들은 뉴스나 가십 따위를 늘어놓다가 지하철 시간에 맞춰 일어나는 식으로.

그러던 어느 날, 그녀가 관계성의 물에 대한 이야기를 꺼냈다. 그녀는 누군가를 만나거나 인터뷰를 할 때 혹은 어떤 일이 벌어질 때마다 물 한 잔을 떠올리는데, 그게 바로 그녀가 말하는 관계성의 물이었다.

“일단 물 한 잔을 얻어 마시는 게 중요해요. 물 한 잔 정도의 호의를 받을 수 있다면 관계성이 형성되거든요. 물 한 잔을 준 사람과 물 한 잔을 받은 사람. 그렇게 서로 맺어지는 거죠. 한번 맺어지고 나면, 그다음부터는 좀 쉬워집니다."

"마치 문 안쪽으로 발을 밀어넣은 방문판매자처럼 말이죠?"

그런 심리학 이론을 책에서 읽은 적이 있었다. 문간에 발 들여놓기 기법이라고 했다. 작은 호의를 베푼 사람은 더 큰 호의를 베푸는 데 인색하지 않다.

"그런 셈이죠. 인터뷰를 하기 위해서는 호의를 베푸는 것만으로는 부족해요. 호의를 받아야만 그다음 단계로 넘어갈 수 있어요. 내 쪽에서 아무리 호의를 베푼다 한들 상대방이 받지 않으면 관계성이 형성되지 않으니까요. 반면에 호의를 받게 되면 무조건 관계성이 생겨요. 그래서 상대의 호의를 끌어내는 게 중요하죠. 그건 물 한 잔 정도로도 충분해요."

"하지만 물 한 잔도 내놓지 않는 사람들이 수두룩하지 않나요?"

"아니에요. 물 한 잔 정도는 얼마든지 얻어 마실 수 있어요. 게다가 이건 실제 물도 아니고 관계성의 물이니까."

"관계성의 물이 뭔가요?"

그녀는 자기 앞의 맥주잔을 치우고 허공으로 손을 뻗어 마치

컵을 잡는 듯한 손동작을 하더니 천천히 물을 마시는 시늉을 해 보였다. 꿀꺽꿀꺽. 마치 진짜 물을 마시는 사람 같았다.

"잘하네요."

나는 감탄했다. 그녀는 계속 관계성의 물을 마셨다. 그렇게 우리 사이에 사수와 부사수가 아닌, 다른 관계성이 형성됐다. 관계성의 물에 대한 그녀의 이야기는 계속됐다.

4

중학생 때, 그녀는 강화도의 한 수련원에서 걸스카우트 수련회에 참가하고 있었다. 그때 인솔 교사가 그녀를 찾더니 급한 일이 생겨 지금 당장 집으로 돌아가야 하니 얼른 짐을 챙겨 본관 앞으로 가라고 말했다. 무슨 일인지 영문도 모른 채 걸어가던 그녀의 눈에 멀리 승용차 앞에서 담배를 피우는 삼촌의 모습이 들어왔다.

삼촌을 보자마자 왈칵 눈물이 쏟아졌다. 삼촌이 거기 있을 이유가 없었기 때문에 그녀는 뭔가 이해할 수 없는 일이 벌어졌음을 알아차릴 수 있었다. 그것은 지방 공장 공사 현장에서

근무하던 아버지가 높은 곳에서 떨어져 중상을 입었다는 비보였다. 그녀는 삼촌의 승용차를 타고 곧장 김포공항으로 갔다. 어머니와 남동생이 기다리고 있었다. 그들은 바로 비행기를 탔다. 그녀가 처음 타보는 비행기였다.

나이가 들어 비행기를 여러 번 타본 뒤에야 그녀는 처음 탔던 그 비행기가 꽤 작은 것이었음을 알게 됐다고 한다. 양양공항까지 가는 동안, 비행기는 난기류를 만나 여러 번 흔들렸다. 처음이었기 때문에 그녀는 원래 비행기가 그렇게 심하게 흔들리는 것인지, 그 비행기가 특히 심하게 흔들리는 건지 알 수가 없었다. 그녀는 안전벨트를 확인하고 두 손으로 팔걸이를 움켜잡았다.

"그러다가 비행기가 갑자기 뚝 떨어졌어요. 왜, 그런 거 있잖아요. 가슴이 철렁하도록 뚝 떨어지는 거. 비행기 안이 일순간 조용해졌어요. 끔찍한 생각밖에는 들지 않았어요. 비행기가 그대로 곤두박질친다거나 유리창이 깨져 숨이 막혀 죽는다거나. 그러다가 갑자기 머릿속이 하얘지면서 아무 생각도 나지 않는 거예요. 죽었구나. 그 생각뿐이었죠. 그렇게 벌벌 떨고 있다가, 옆자리에 앉은, 나보다 대여섯 살 정도 많은 어떤 언니와 손을 맞잡았어요. 누가 먼저 잡았는지는 모르겠어요. 어쨌든 우리는 그렇게 손을 잡고 있었어요. 시간이 얼마나 지났을까, 비행기는 안정을 찾았죠. 하지만 바닷가 옆 공항에 착륙할 때까지 내내 숨죽이고 있던 승객들은 비행기가 완전히 멈춰 선 뒤에야 정신을 차린 듯 다들 박수를 쳤어요. 그때까지도 나는 그 언니의 손을 움켜잡고 있었어요."

거기까지 말하고 그녀는 시계를 쳐다봤다. 바에는 재즈 음악이 흥겹게 흘러나오고 있었다.

"곧 지하철이 끊어지겠네요. 그때까지 이야기를 다 할 자신이 없는데……"

나는 바 한쪽에 앉아 음악을 틀던 주인에게 몇 시까지 영업하는지 물었다. 주인은 자리에 앉은 그녀와 나를 번갈아 보더니 대답했다.

"두 분이 원하실 때까지."

"장사를 잘하시네요. 이 음악 제목은 뭔가요?"

그녀가 물었다.

그는 'BIRD'라고 적힌 시디 케이스를 집어들고는 안경을 조금 내려 제목을 읽었다.

"아이 캔트 빌리브 댓 유어 인 러브 위드 미I Can't Believe That You're In Love With Me."

"참 좋네요."

내가 말했다. 그 말을 할 때 나는 이미 관계성의 물을 마신 셈이었다. 그는 내게 더 많은 노래를 들려주었다. 그녀의 관계성의 물 이론은 효과가 있었다.

5

종종 나는 걸스카우트 복장을 하고 양양공항 로비에서 박수를 치며 환호성을 지르는 중학생을 상상하곤 한다. 주로 고민거리가 생겼을 때 그랬다. 그러면 어쩐지 기분이 좋아지고 한결 기운이 난다.

누군가를 사랑하는 일은 눈덩이를 굴리는 일과 비슷했다. 사랑할수록 더 사랑하게 된다. 물론 그 반대도 마찬가지다. 미워할수록 더 미워하게 된다. 매 순간 관계가 호의와 악의 사이에서 어느 쪽으로 기울어지느냐에 따라 그 결과는 완전히 달라졌다. 그녀는 지금도 양양행 비행기 안에서 옆자리 언니와 손을 맞잡았을 때, 미래가 달라졌다고 믿고 있다 했다.

양양공항에는 회사 직원이 그녀의 가족들을 기다리고 있었다. 그는 아버지의 응급 수술이 잘 끝나 생명에는 지장이 없노라고 말했다. 그제야 가족들은 환호성을 지르며 박수를 쳤다고 한다.

"그 언니의 손을 맞잡기 전에도, 나는 최선을 다해 좋은 쪽으로만 생각했어요. 다 잘될 거야. 괜찮아질 거야. 비행기는 무사히 착륙하고, 아빠는 깨어날 거야. 하지만 어느 순간 머리는 폭발한 것처럼 멍해졌고 끔찍한 공포가 밀려왔죠. 그때 그 언니의 손을 잡게 된 거예요. 어떤 생각도 할 수 없었기에 나는 그저 그 언니의 손에만 집중했어요. 그러자 마치 태어나서 누군가의 손을 처음 잡아본 것처럼 그 손의 물성이 고스란히 느껴졌어요. 물렁물렁한 손바닥이라든가, 그 안에 든 뼈 혹은 흐르는 피의 온기 같은 것들이. 나는 눈을 감고, 그 느낌에만 집중했어요. 거기서부터 모든 게 바뀌기 시작했어요. 그 작지만, 내 쪽에서 찾아낸 좋은 느낌에서부터."

가족들이 중환자실로 면회를 갔을 때, 아버지는 붕대를 감고 있었지만 정신은 온전히 돌아와 있었다. 그녀는 아버지가 아버지로 있어줘서 얼마나 고마운지 비로소 알게 됐다. 아버지가 없다면 자신은 반쪽에 불과할 테니까. 그녀의 아버지는 자신이 존재해야만 그녀가 온전한 딸로 살아갈 수 있다는 것을 알고 있었을까?

“그날 밤, 병원에는 엄마만 남겠다고 해서 나와 남동생은 직원 아저씨가 모는 차를 타고 아빠의 숙소로 갔어요. 가다 보니 축제를 알리는 플래카드가 로터리에 걸려 있더라고요. 거기에는 ‘줄광대 어름산이가 펼치는 외줄타기 공연’이라는 선전문구와 함께 내 옆자리에 앉았던 언니 얼굴이 인쇄돼 있었어요. 어어어, 내가 소리를 지르니까 직원 아저씨가 놀라서 차를 세웠어요. 왜 그러니, 라고 아저씨가 묻길래 나도 모르게 막 말이 나오더라구요. 저 언니! 아까 제 손 잡아준 언니가 저 언니예요! 내가 호들갑을 떨자 그 아저씨는 플래카드를 한번 쳐다보더니 요새는 줄광대도 애들한테 인기를 끄나, 혼잣말을 하고는 다시 출발했지요. 그때 그 아저씨 눈에는 제가 참 철없는 애로 보였을 거예요. 그러거나 말거나 나는 창문을 내리고 그 언니 얼굴이 안 보일 때까지 계속 쳐다봤어요.”

거기까지 얘기했을 때, 시간은 이미 자정을 훌쩍 지나 있었고, 그때까지 우리는 정말 다양한 사람들이 부르고 연주하는 〈I Can't Believe That You're In Love With Me〉를 들었다. 어느 틈엔가 나도 모르게 따라 부를 수 있을 정도로. 'I Can't Believe That You're In Love With Me'라고.

고작 한 뼘의 삶

I

오래전, 소설가로서 첫 책을 출판한 뒤의 일이다. 장편소설로 문학상을 받으며, 나름대로 꽤 주목을 받으며 데뷔했으나 책은 그다지 팔리지 않았다. 왜 안 팔릴까, 생각하니 다른 문제들이 줄줄이 따라왔다. 무엇보다 소설가로서의 재능, 그게 내겐 없는 것 같았다. 게다가 준비도 부족했다. 나는 할 일 목록을 쭉 적었다.

문학잡지를 따라 읽으며 트렌드를 뽑아낼 것. 매주 대형서점에 들러 출판시장의 흐름을 파악할 것. 베스트셀러 소설의 특징을 통해 독자의 니즈를 알아낼 것. 해야 할 일들은 점점 버거워졌고, 소설 쓰는 일은 힘들어졌다. 그렇게 두번째 책이 나왔으나 결과는 완전한 실패. 나는 거의 퇴출되다시피 소설에서 손을 떼고 잡지사에 취직했다. 소설가로서의, 한 뼘은커녕 손톱만큼도 되지 못하는 삶이 그렇게 끝났다.

기자 시절, 인터뷰 기사를 쓰느라 여러 사람을 만났다. 그중 한 사람이 바로 P씨였다. 기자가 찾아온 것이 오랜만이었는지 그는 인터뷰 내내 약간 흥분한 상태였다. 앞뒤가 안 맞는 이야기를 어찌나 늘어놓는지 어느샌가 나는 기사를 쓰지 않겠다고 마음먹고 있었다.

인터뷰를 마치고 회사로 돌아가려고 골목을 내려오는데 어디선가 매미 우는 소리가 들렸다. 나는 쓰다 말고 책상 서랍에 넣어둔 소설 원고를 떠올렸다. 그리고 회사 반대쪽으로 가는 플랫폼에서 지하철에 올라탔다. 집으로 간 나는 침대로 가 곧장 잠에 빠져들었다. 참으로 편안한 잠이었다. 그날 이후 나는 줄곧 소설을 썼다기보다는 받아적었고, 그렇게 스무 권이 넘는 책을 펴냈다.

이따금 사람들에게 "다작의 비결이 무엇입니까?"라는 질문을 받을 때가 있다. 그럴 때면 "그건 재능의 문제죠"라고 단언했다. 사람들은 오만하다는 듯 나를 쳐다봤지만, 그건 P씨와의 만남에 대해 말하지 않아서 생긴 오해다. 한 번도 그 일에 대해서는 말한 적이 없는데, 오늘은 그 이야기를 해볼까 한다.

P씨는 한때 참신한 상상력과 새뜻한 문체로 주목받는 젊은 소설가였다. 인터뷰하러 찾아갔을 때, 그는 서가로 다가가 거기 꽂힌 자신의 작품들 앞에서 왼손 손바닥을 펼쳐 보였다.

"보게나. 한 뼘이야. 나 같은 소설가에게 무슨 이야기를 듣고 싶어서 온 것인지는 모르겠지만, 이 한 뼘에 대해 말해볼까 하네. 삼십대였던 1960년대는 나의 시대였어. 데뷔작부터 펴내는 책마다 베스트셀러 1위를 놓치지 않았지. 도스토옙스키, 카프카, 제임스 조이스, 가와바타 야스나리 등에도 결코 뒤지지 않는 세계적인 소설가라는 평이 신문에 실렸어. 매 작품 변신을 시도하며 자신을 갱신하는 작가라며 칭송이 자자했지."

그의 자화자찬은 들어주기 힘들었다. 물론 사실이다. 그는 1960년대 문학상을 받으며 등단한 후 문학사에 남을 명작을 여러 편 쓴 작가였다. 하지만 그의 말대로 한 뼘을 넘지 못했다는 게 문제였다. 1970년대가 되자 졸작을 쏟아내는가 싶더니 돌연 그는 절필을 선언했다. 십여 년 뒤 재기작을 들고 돌아왔으나 표절설에 휘말렸고, 그걸로 끝이었다.

특집의 제목은 '원로 작가를 찾아서'였다. 독자들의 관심에서 멀어진 '잊혀진' 문단 선배들에 대한 배려에서 기획된 특집이었다. 그중에 P씨를 넣은 건 잡지사 발행인의 의지였다. 기자들은 누구도 그가 잊혀진 작가라고 생각하지 않았다. 그는 정상에서 시궁창으로 추락한 작가로 모두의 기억에 선명하게 남아 있었다.

"왜? 자네는 그렇게 생각하지 않나?"

떨떠름한 표정으로 앉은 나를 향해 P씨가 말했다. 나는 고개를 저었다.

"자네 같은 젊은 사람들이 뭘 알겠나? 내가 문단을 휩쓸 땐 아직 태어나지도 않았는데. 그때는 말이야, 나를 노벨문학상 후보에 추대하려는 움직임도 있었어. 그게 아직 마흔 살이 되기도 전의 일이야."

"그랬던가요? 자료를 찾다보니 제 눈에는 1980년대에 발표하신 작품이 표절설에 휘말렸다는 기사만 보이던데요? 도스토옙스키의 『죄와 벌』에 실린 문장을 고스란히 베끼신 건 너무한 일 아닙니까?"

P씨의 얼굴이 일그러졌다. 부러 던진 질문이라 은근한 쾌감이 감돌았다.

P씨는 소파로 돌아와 앉았다. 노년에 접어든 지 한참이었으나 위축된 느낌은 전혀 찾을 수 없는, 거구의, 건강한 몸이었다. 오래전, 매일 글을 받아적을 때처럼 헬스클럽에 가서 트레이너가 시키는 대로 몸을 움직인다고 했다.

아직 작가 시절의 습관이 남아 있는지, 그는 탁자에 놓인 담뱃갑에서 담배 한 개비를 꺼내 물고 창가로 갔다. 그는 창문을 열고 말없이 밖을 내다봤다. 나뭇잎 사이로 서촌의 풍경이 한

눈에 들어왔다. 일제시대의 고관대작이 딸을 위해 지었다는 그 아름다운 이층집은 한때 그가 얼마나 많은 인세를 벌어들였는지 잘 보여주고 있었다.

"자네도 소설가이지 않은가?"

잡지사 기자라고만 했을 뿐 그런 말을 하지는 않았기에 나는 당황했다.

"아닙니다. 이제는 소설 안 씁니다."

내 목소리가 떨렸다.

"왜 소설을 쓰지 않는가?"

나는 잠자코 있었다.

"자네 말대로 나는 표절설에 휘말려 소설을 그만 쓰게 됐다고 치세. 그렇다면 자네는 무엇 때문에 벌써부터 소설을 쓰지 않게 된 건가?"

"소설로는 밥벌이가 되지 않더군요. 그게 다입니다."

"쓰지 않는 게 아니라 쓰지 못하는 것이구만. 본인에게 재능이 없다는 생각은 해보지 않았나?"

정곡을 찔렀기 때문에 오히려 나는 과장되게 수긍하는 척했다.

"그렇다면 그렇겠지요. 하지만 재능이 있다 한들 노벨문학상

후보에 추대될 뻔한 선생님에 비할 수야 있겠습니까?"

P씨가 무서운 눈으로 나를 노려봤다.

"자네는 재능이 뭐라고 생각하나?"

"글쎄요. 하늘에서 떨어지는 돈방석일까요? 아니면 복권 당첨?"

"맹랑한 친구로구만. 그저 돈밖에 모르는군. 이제 알겠어. 소설을 쓰지 '않는' 게 아니라 쓰지 '못하는' 거야."

"선생님처럼 말입니까?"

"그래, 나처럼. 나의 탁월함이라고 착각해 꿈꿀 수 있는 능력이야말로 재능을 뜻한다는 것을 망각한 나처럼."

P씨가 목소리를 높였다. 꼰대 같은 그 말에 나는 맥이 풀렸다.

"꿈, 꿈, 꿈! 꿈을 가져라. 꿈을 위해 현재를 희생하라. 어른으로서 너무 진부한 조언 아닙니까? 차라리 탁월해지라고 말씀하셔야죠."

"자네가 왜 이렇게 됐는지 확실하게 알겠구만. 자네 같은 사람 앞에서 내가 무슨 말을 할 수 있겠는가? 자네가 선택하게. 내 이야기를 한번 들어보겠는가, 아니면 당장이라도 그냥 돌아갈 텐가? 나는 모든 꿈을 소진한 작가이고 이제 이런 인터뷰가 필요 없는 사람일세. 자네가 하도 간청하기에 응하긴 했지만 지금이라도 그만둘 수 있다네."

여전히 옛날의 영광에서 벗어나지 못하고 있는 듯한 그의 말에 반발심이 들었다. 하지만 나는 웃어 보였다. 그리고 마음먹었다. 이참에 인터뷰 기사로 이 사람을 완전히 매장시켜버리겠다고.

"죄송합니다. 노여움 푸시고 계속 말씀해주십시오."

P씨는 흡족한 듯 담배에 불을 붙이더니 회상에 잠겼다.

2

내가 그 꿈을 꾸기 시작한 건 문학잡지에 신인으로 1회 추천을 받고 삼 년 남짓 시간이 흐른 뒤였다네. 당시에는 기성 작가 밑에서 습작을 검토받으며 두 번의 추천을 거쳐 잡지에 발표해야만 작가로 인정받을 수 있었지. 그래서 그 삼 년 동안 소설가도 아니고 아닌 것도 아닌 어정쩡한 상태였지.

실존주의가 문단을 휩쓸 때였어. 잘 알지도 못하면서 다들 열정만은 대단했지. '아, 실존이란!' 그렇게 부르짖으며 우리는 음악감상실에서 커피 한 잔을 놓고 종일 무직의 불안한 청춘을

견뎌야만 했다네. 그게 우리의 실존이었지. 하지만 우리에겐 꿈이 있었어. 소설가가 되겠다는 꿈이 없었다면 그 시절을 어떻게 버텼겠는가.

새 소설을 써서 서울 북촌 가회동에 있던 댁으로 찾아가면 유명 소설가였던 스승은 빨간 펜으로 내 문장에 죽죽 줄을 그었지. 스승은 머리를 쥐어짜가며 간신히 쓴 문장들을 '도토리 키재기 문장'이라고 불렀어. 고만고만한 또래집단 안에서 다른 사람만 이기면 된다는 생각으로 서로 악영향을 주고받다가 쓰게 되는 문장이라고 말이야. 내 소설에서 도토리 키재기 문장을 빼고 나면 남는 게 구두점뿐이라 2회 추천은 불가하다고 스승은 말했지.

오기가 생기더군. 구두점밖에 남는 게 없는 소설을 왜 추천해서는 이 고생을 시키느냐고 스승에게 따져 물었지. 그러자 스승이 말하더군.

"처음에 추천한 소설은 오롯이 꿈에서 나온 글이 아닌가. 꿈은 있으니 밥그릇은 갖고 태어난 사람이라고 생각했지. 그 꿈만 붙들고 있으면 언젠가 그릇이 채워질 텐데 그걸 못 참고 쓰레기를 주워담고 있으니 한심할 수밖에."

그 말에 곧장 나는 고향 당진으로 내려갔다네. 처음으로 소설을 완성했을 때처럼 오로지 나만을 위해 소설을 써볼 작정이었지. 하지만 어떻게 첫 소설을 쓸 수 있었는지 전혀 기억나지 않았어. 서울에서 문우들에게서 들은 말들만 머릿속을 어지럽혔지. 문단의 인맥이 중요하다, 세계적인 추세는 이제 표현주의에 있다, 어떤 인기작가는 인세로 기와집을 샀다……

복잡한 머리를 쥐어짜 간신히 소설을 완성해 우편으로 스승에게 보냈지. 하지만 감감무소식이었어. 결국 그해 가을 나는 다시 상경했다네.

가회동 댁을 찾아갔더니 스승은 내 절을 받는 둥 마는 둥, 지금은 몸이 아프니 다음에 오라는 말뿐이었어. 나를 내치는 티가 역력했지. 더이상 추천해줄 마음은 없어 보이더군. 이번에는 두번째 추천을 받아 소설가가 되어 돌아오겠다며 가족들에게 큰소리를 쳤기에 눈앞이 캄캄했어.

그렇게 석 달여, 문단 주위를 떠돌아다녔네. 도토리 키재기를 하던 예전의 문우들도 다시 만났지. 우리는 우리를 알아보지 못하는 출판사와 독자들을 향해 온갖 악담을 퍼부었어. 스승을 비롯해 인기 있는 소설가들의 작품도 가차없이 난도질했지. 질투심에 사로잡힌 우리는 세상의 잘난 것들을 모두 불태

우고 싶었다네. 그렇지만 그런 어울림도 내게 돈이 있을 때까지만이었어. 내가 빈털터리가 됐다는 것을 알아차리자마자 서울 친구들은 하나둘 곁을 떠났어.

혼자 남게 되자 내 인생이 완벽한 실패작이 됐다는 게 실감나더군. 하숙비도 내지 못할 처지가 된 나는 주인이 깨기 전에 집을 나섰다가 밤늦게 돌아오는 생활을 반복했지. 갈 곳이 없으니 북촌 일대를 배회하거나 창경원 담장을 타고 넘어가 우리에 갇힌 동물들을 하염없이 쳐다보곤 했어.

그 헌책방을 발견한 건 그즈음의 일이야. 보성고등학교로 올라가는 길에 있던 그 책방의 주인은 한국전쟁 때 개성에서 월남한 영감이었는데, 아침이면 돋보기를 쓰고 좌측 상단에서 우측 하단까지 순서대로 책 제목을 죽 읊은 뒤에야 가게 문을 여는 괴짜였지. 관심이 가는 책이 있어 손을 뻗으면 등 뒤에서 그 책의 가격을 말하는 영감의 목소리가 바로 들렸어. 그러니 꺼내볼 배짱이 생기겠는가. 더구나 한 푼도 없는 주제라면. 결국 그 서점에서는 한 권의 책도 읽어보지 못했다네.

하숙집으로 돌아와 곰곰이 생각해보니 화가 나더군. 그렇게 인심이 고약할 수가 있단 말인가. 그러다가 이 일을 소설로 쓰자는 생각이 들었어. 내 꿈은 도스토옙스키처럼 문학사에 길이 남는 소설가가 되는 것이었다네. 그래서 주인공은 지방에서 올라온 문학도로 라스콜리니코프에 감화된 불우한 청년으로 설정했지. 그 청년이 서서 책 읽는 것조차 막아서는 야박한 영감탱이의 정수리를 도끼로 내리치는 거야. 그러면 검버섯이 핀 그 영감의 머리에서 분수처럼 피가 솟구치겠지. 내 상상 속에서 그 영감의 얼굴은 바로 스승이었다네.

당장 원고지를 펼치고 나는 소설을 쓰기 시작했지. 소설은 날이 밝아서야 끝났다네. 실로 오랜만에 작품을 완성했다는 희열에 사로잡혀 잠도 오지 않았어.

그러나 기쁨은 오래가지 않았어. 그 소설을 읽은 스승은 내게 말했지.

"자네는 도스토옙스키가 되고 싶은가?"

"그게 제 꿈입니다."

"도스토옙스키는 다른 사람이 되려고 소설을 쓰지 않았을 걸세. 자기 자신이 되려고 소설을 썼겠지. 자네는 꿈꾸는 법을 전혀 모르는 사람이야. 이따위 글에 깨지는 건 소설 속 영감의 머리통이 아니라 자네의 밥그릇일세. 다시는 나를 찾아오지 말게."

그렇게 말하고 스승은 매몰차게 돌아앉았지. 스승이 나를 시기하고 있다고 생각했어. 그 집을 나오면서 이 수모는 반드시 갚아주리라 결심했다네. 스승의 밥그릇이 아직은 멀쩡한지 몰라도 내가 곧 박살내버리겠다고 말이야.

그리고 그날은 생각보다 훨씬 더 일찍 찾아왔다네. 내가 꿈을 꾸기 시작했기 때문이지.

스승에게 냉담하게 내쳐진 뒤, 나는 복수심에 살의까지 느끼다가 결국 실의에 빠졌다네. 그제야 내 상황이 객관적으로 보이더군. 재능 따위는 하나도 없는 주제에 실존주의니 표현주의니 하는 허상만 뒤쫓는 부나방 인생. 나는 다시 고향으로 돌아갔지. 골칫덩어리였던 막내아들이 소설가의 꿈을 버리고 수리조합에 다니기 시작하자 가족들은 철이 들었다며 꽤 좋아들 했고, 그런 모습에 나도 좋았어. 그렇게 내 앞의 모든 것을 받아들이고 감사드리고 기뻐하는 삶을 살겠다고 마음먹었지.

그러던 어느 평범한 여름날이었어. 그날도 도시락을 싸서 조합으로 출근했지. 점심을 먹은 뒤, 사무실 의자에 앉아 멀리서 들려오는 매미 소리에 귀를 기울이고 있었는데, 어느 틈엔가 잠에 빠져든 거야.

꿈속에서 나는 재능이 없어 괴로운 나날을 보내는 문학청년으로 돌아가 있었다네. 꿈속의 나는 서울의 하숙집에서 살고 있었어. 갈 곳이 없어 북촌의 골목을 구석구석 돌아다니다가 그 헌책방에 이르렀지. 맞아, 여기는 괴팍한 영감이 주인이라 책도 못 꺼내보게 했지. 꿈에서도 그런 생각이 들어 그냥 밖에서 있는데, 영감이 문을 열고 나왔어.

"그러지 말고 들어와서 찬찬히 보라구."

"그래도 됩니까?"

"그럼. 그러려고 헌책방을 차린 건데."

심술궂던 영감이 오늘따라 왜 이럴까 싶으면서도 얼른 들어갔지. 서가에 꽂힌 책들은 두 종류로 나뉘어져 있었어. 카프카, 도스토옙스키, 제임스 조이스, 이상 등 작가의 이름이 인쇄된 책들과, 이름 없이 그저 제목만 적힌 책들이었지. 작가의 이름이 있는 책들은 내가 익히 아는 세계 명작들이었지. 하지만 제목만 있는 책들은 처음 보는 작품들이었어. 책방 안에는 그런 책들이 수없이 꽂혀 있었지.

"이거 굉장한 소설들인데요. 그런데 작가 이름은 왜 없나요?"

내가 영감에게 물었지.

"그건 아직 누구의 작품도 아니거든. 거기 이름을 적는 사람의 작품이야."

나는 눈이 휘둥그레졌어.

"그럼 여기에 제 이름도 적을 수 있나요?"

"당연하지."

"이 책 살 수 있나요?"

내가 묻자 영감은 고개를 저었다.

"아쉽지만 그 책은 살 수 있는 책이 아니야."

"돈은 얼마든지 드릴 테니까 제발 저한테 파세요."

내가 간청했지.

"이전의 어떤 작가도 책을 돈 주고 사간 적은 없어. 카프카도, 도스토옙스키도, 이상도."

"그럼 그 사람들은 어떻게 저 책들에 자기 이름을 적을 수 있었나요?"

"어떻게 적다니? 다른 작가들처럼 그냥 자네 이름을 적으면 되는 일 아닌가? 다만 여기 두고 가야지 가져갈 수는 없네. 이건 자네 것이 아니니까."

"이름을 적을 수는 있지만, 가질 수는 없다……"

그러다가 나는 얼른 손에 든 책에 내 이름을 적었다네. 그리고 꿈에서 깨어났지. 시계를 보니 채 오 분도 지나지 않았더군.

하지만 꿈에서 읽은 책의 내용이 또렷하게 기억에 남아 있었어. 나는 곧장 소설을 쓰기 시작했어. 아니 썼다기보다는 받아적었다고 말하는 게 옳을 거야. 그저 받아적을 뿐, 초조함도 불안함도 없었다네.

그게 시작이었어. 그 여름 매미 소리를 따라가면 언제나 꿈속의 헌책방에 갈 수 있었지. 거기서 나는 작가의 이름이 아직 적히지 않은 소설을 읽고 그 책에 내 이름을 적었어. 그렇게 꿈의 소설들이 쏟아져나왔다네.

3

P씨의 꿈 이야기를 듣고 돌아온 날, 나 역시 그 헌책방을 찾아가는 꿈을 꿨다. 밖에서는 작은 가게처럼 보였지만, 문을 열고 들어가니 서가가 안쪽까지 쭉 이어져 있었다. P씨의 얘기처럼 거기에는 아직 작가의 이름이 적히지 않은 소설들이 빼곡하게 꽂혀 있었다. 실로 광활한 문학의 세계였다.

"자네도 소설가인가?"

P씨가 묘사한 대로 나이든 책방 주인이 내게 물었다.

"저는 기자입니다. P씨라고 아시죠? 그분에 대한 인터뷰 기사를 쓰고 있습니다."

"아, P씨. 그 친구는 요즘 잘 지내나? 그러고 보니 못 본 지가 꽤 됐구먼. 지금은 나만큼이나 늙었겠는걸."

"요즘에는 운동을 열심히 하고 있더군요. 근육이 장난이 아닙니다."

"나이 들면 건강한 게 제일이지. 젊었을 때는 글 쓰는 걸 그렇게 좋아해 여기도 뻔질나게 드나들었는데 말이야."

그러면서 책방 주인은 서가 한쪽을 가리켰다. 거기에는 P씨의 이름이 적힌 소설들이 꽂혀 있었다.

"그런데 P씨는 왜 고작 한 뼘의 책에만 이름을 적은 것일까요? 아직 이름이 적히지 않은 소설이 이토록 많은데 말입니다."

이미 P씨에게서 나는 그 답을 들었다. 1970년대 이후의 태작과 표절에 대해서는 어떻게 생각하느냐고 물었을 때 P씨는 이렇게 말했다. "소설가로서 최고의 자리에 오르게 되자 꿈 같은 삶이 펼쳐졌지. 수천만원에 달하는 통장 잔고와 아름다운 이층집과 인기작가라는 타이틀이 모두 내 것이 됐다네. 그럼에도 나는 꿈에 의지하지 않고 스스로 성취할 수 있는 소설가의 재능은 가지지 못했다고 생각했네. 그때부터 그것마저 내 것으로 만들려고 노력하기 시작했지."

그렇게 P씨는 꿈꾸는 일에서 멀어졌다고 했다. 출판시장을 분석하고 독자들의 성향을 파악해서 트렌드에 맞는 주제를 담은 소설을 기획해서 쓰기 시작한 것도 그때부터였다. 그리고 그는 정상에서 바닥으로 굴러떨어졌다. 도대체 무슨 일이 벌어졌는지조차 알 수 없는, 갑작스런 추락이었다고 그는 말했다.

그 일에 대해 책방 주인은 이렇게 말했다.

"이 책방의 운영 방침은 두 가지야. 첫째, 원하는 모든 사람에게 이름이 적히지 않은 소설에 이름을 적을 기회를 준다. 단 이것은 오로지 선물이므로 팔지는 않는다. 둘째, 선물은 소유할 수 없으니 여기 꽂아두고 간다. 인기를 얻게 되자 P씨는 이 운영 방침을 이해하지 못하게 됐어. 돈을 낼 테니 선물을 고를 수 있게 해달라거나 자신이 꿈 밖으로 가져가겠다는 거야. 그럴 수 없다고 하니 차츰 뜸해지다가 아예 나타나지 않더군. 그렇게 고작 한 뼘의 책에만 이름을 적게 된 거지."

그러더니 책방 주인은 이름이 적히지 않은 소설들이 빼곡하게 꽂힌 서가를 가리키며 내게 말했다.

"자네는 어떤가? 이게 자네에게 주는 선물이라는 것을, 그리고 이 선물을 소유할 수는 없다는 걸 이해하겠는가?"

나는 고개를 끄덕였다. 이해하고말고요. 소설가의 재능이란 꿈꾸는 것이 전부다. 꿈꾸는 능력은 꿈을 현실로 만든다. 하지만 꿈 같은 현실이 내 것이라고 생각한 적은 한 번도 없었다.

결코 내 것이 될 수 없는 이 선물에 나는 지금까지도 만족하고 있다.

다시 바람이 불어오기를

세상의 모든 감옥에는 위대한 인물의 흔적이 남아 있다. 그곳도 예외는 아니어서 베트남의 국부인 호치민이 수감된 적이 있다고 한다. 1931년 그는 홍콩에서 체포된 뒤, 베트남으로 송환될 위기에 처했다. 프랑스 식민정부는 이미 궐석재판을 통해 그에게 사형선고를 내린 상태였다. 그 때문이었을까? 그즈음 그는 부쩍 죽음을 생각하고 있었다. 홍콩의 한 변호사는 그를 만난 지 삼십 분 만에 '경이롭게 빛나는 신념의 소유자'라고 칭송했지만, 감방으로 돌아간 호치민은 피를 토하는 등 몸 상태가 몹시 나빠졌다고도 쓰고, 깊은 우물 속에서 그저 벽만 바라보고 있다고도 썼다. 자신이 죽어가고 있다고 호치민이 생각했던 그곳이 바로 지난봄, 홍콩에서 열린 아트페어에 작품을 출품한 한국 작가들을 위한 파티가 열린 장소였다.

십 년간의 리노베이션을 거친 끝에 감옥과 경찰청 건물은 오래된 벽돌과 식민지 풍의 테라스를 그대로 살린 복합문화공간으로 재탄생했다. 한때는 인생의 가장 어두운 시기를 지나고 있다고 생각했던 자들이 머물던 감방 역시 상점과 전시 공간으로 탈바꿈했다. 감옥도 사람처럼 꿈을 꿀 수 있다면, 그런 공간으로 바뀔 날을 꿈꾸지 않았을까? 거기에 갇혔던 자들이 먼 훗날의 복합문화공간을 상상할 수 없었듯, 리노베이션된 건물에 호치민의 절망감은 전혀 남아 있지 않았다. 덕분에 옛 경찰서 본청 앞 중앙광장에 서 있으면 유럽 어느 도시의 축제에 와 있는 듯한 느낌마저 들었다. 그러나 곧 나는 그 느낌의 앞면은 질투심, 뒷면은 자괴심이라는 사실을 깨달았다. 나는 그 축제에 초대받지 못한 자였다.

3월, 홍콩의 밤은 따뜻하고도 상쾌했다. 내가 찬 선생을 만난 건 중앙광장에 홀로 서 있는 거대한 망고나무 아래에서였다. 처음에는 그를 알아보지 못했다. 그때 나는 환하게 불을 밝힌 옛 경찰청 건물의 아치형 테라스 아래, 서 있거나 걸어다니며 대화를 나누는 한국 미술계의 주요 인사들을 올려다보고 있었다. 멀리서도 그들의 얼굴은 금방 알아볼 수 있었다. 최근 해외에서 큰 주목을 받은 아티스트, 국내 화랑가의 컬렉터로 알려진 재벌가의 상속자, 부대행사를 위해 초청된 젊은 연예인 들이 맵시 있게 차려입고 대화를 나누고 있었다. 그때 나는 어떤 표정이었을까? 아마, 어떤 빛도 받지 못한 프로필이었겠지.

"당신도 한국에서 온 화가가 맞지?"

그 노인이 내게 말을 걸 때까지도 나는 질투심에 가득 차 하얀 테라스, 빛으로 환한 그 공간 덕분에 서 있는 사람들조차 광채를 내뿜는 듯한 풍경을 바라보고 있었다. 그러느라 시큰둥한 대답마저 놓쳐버렸으므로 대화는 거기서 끝나는 게 옳았다. 하지만 고개를 돌리는데 그의 손이 눈에 들어왔다.

"손이 참 크네요."

나도 모르게 그렇게 말했다. 그러자 그는 두 손을 들어 보였다.

"말하자면, 진화의 법칙이지. 높은 가지에 매달린 열매를 생각하면, 기린의 목이 길어지는 것처럼. 나도 마찬가지야."

"그건 오래전에 잘못된 이론으로 밝혀지지 않았나요?"

"이건 용불용설 같은 게 아니라 인간진화학이야."

용불용설. 자연선택설. 그리고…… 고등학교 생물시간에 배운 것 말고는 진화학에 대해 아는 게 없었다. 하지만 인간진화학은 어디선가 들어본 것 같았다.

"지난 사십육 년 동안 나는 하루도 쉬지 않고 바다에서 헤엄을 쳤어. 맑은 날이든 궂은 날이든."

"그래서 손이 커졌다는 뜻인가요?"

"손은 그전에 이미 커졌지. 그 사실을 잊지 않으려고 매일 수영한 거야."

여전히 두 손을 든 채로, 노인이 나를 빤히 쳐다봤다. 그는 프린트한 만화 캐릭터가 희미해질 정도로 낡은 티셔츠에 반바지 차림, 그리고 샌들을 신고 있었다. 은발의 노인이었지만 몸은 단단한 근육질이었다. 언뜻 보기에는 센트럴 어디쯤의 공동 주택에 사는 늙은 육체노동자 같았지만, 그제야 문득 전날 읽은 인터뷰 기사가 떠올랐다. 그런 차림새로 전 세계 아트페어를 돌아다니며 알려지지 않은 작가의 작품을 비싼 값에 구매하는 홍콩의 거부巨富에 대한 것이었다.

"아, 당신이 누구인지 알아요. 찬 선생이죠?"

기사에 실린 사진에서 찬 선생은 그 밤에 내게 그랬던 것처럼 두 손을 들어 보이고 있었다. 그는 1947년 광저우에서 오남매의 막내로 태어났다고 기사에는 적혀 있었다. 대학 진학을 꿈꾸는 평범한 소년이었으나 문화혁명이 불붙은 열아홉 살, 집안이 혁명의 적을 뜻하는 '흑오류黑五類'로 분류되며 모든 미래가 한순간에 사라지는 경험을 했다. 광저우의 호적은 말소됐고, 그는 벽촌으로 재교육을 떠나야만 했다. '완벽한 어둠'이라는 말로 찬 선생은 그 시절을 요약했다. 당과 홍위병들은 그에게 계속 검은 칠을 해댔다. 처음에는 괜찮았다. 하지만 자아비판에 나서서 스스로 검은 칠을 하기 시작하면서 모든 게 달라졌다며, 그는 덧붙였다. "밖에서도 검게 칠하고 안에서도 검게 칠하면, 인간은 그 즉시 하찮아집니다. 그것 역시 인간진화학의 법칙이죠. 벌레보다도, 티끌보다도 더 하찮아지다가 인간은 결국 사라지게 됩니다. 시간이 흐르자 협동농장의 모든 사람들이 내가 거기 있다는 것을 전혀 모른다는 듯이 행동했습니다. 저는 하루에도 몇 번이고 이렇게 두 손을 들어 바라봤습니다. 내가 정말 눈에 보이지 않는가 싶어서 말입니다."

그러던 어느 날, 찬 선생은 동료들에 의해 주강珠江에 던져졌다. 수영을 하지 못했기 때문에 그는 버둥거렸는데, 그러다가 알게 됐다. 이대로 간다면 결국 자신은 죽고, 두 손도 사라지게 되리라는 걸. 그 사실을 모두가 알고 있었기 때문에 다들 자신을 벌레보다도, 티끌보다도 더 하찮게 여긴다는 걸. 그게 바로 검게 칠하는 일의 목적이었다. 미래는 즉각적으로 현재에 영향을 미쳤다. 죽을 게 뻔한 사람은 이미 죽은 몸이다. 죽지 않으려면 다른 게 필요했다. 밝은 미래 같은 것. 더 구체적으로는, 그러니까 홍콩의 불빛 같은 것. 한 번도 본 적이 없는 그 불빛을 상상하며 그는 허우적댔다. 죽음을 상상할 때와 마찬가지로, 몇 년 뒤에나 보게 될 그 불빛은 즉시 그에게 영향을 미쳤다. 스스로의 힘으로 살아난 찬 선생은 매일 주강에서 수영 연습을 했고, 광저우와 선전 지방의 지형과 야생의 식용식물을 공부하고 며칠씩 안 먹고 버티는 법을 익혔다.

그 시절, 본토인들이 국경수비대의 감시를 피해 홍콩으로 탈출하는 루트는 세 가지였다. 다른 사람들과 마찬가지로 찬 선생은 그중 가장 짧아 가장 쉬워 보이는 길, 즉 선전의 서커우에서 딥베이를 가로지르는 루트를 택했다. 소문에 따르면 홍콩 쪽 해안에는 굴 양식장이 많아 다들 발바닥이 찢어지는 것으로 홍콩 생활을 시작한다고 했는데, 그는 양식장까지 가보지도 못하고 바다에서 정신을 잃었다. 그를 구해준 사람은 아이로니컬하게도 딥베이에서 익사한 사체를 건지는 일로 먹고사는 사람들이었다. 찬 선생이 깨어나자 그들은 충분히 죽은 뒤에 건지지 못한 것을 아쉬워했다. 시쳇값은 받을 수 있지만, 사람값은 못 받기 때문이었다. 구치소로 넘겨진 그는 조국을 배반한 악질적인 흑오류로 분류돼 혹독한 시절을 보냈다. 찬 선생의 두 손이 점점 커지기 시작한 건 그때부터였다.

"1972년 7월 16일이 될 때까지 손은 커지기만 했어. 내가 어떻게 그날을 잊을 수 있겠는가?"

두 손을 내리며 찬 선생이 말했다.

"당신에게도 그런 날이 있겠지?"

찬 선생이 물었다. 나는 잠시 생각해봤다. 두 손이 혹은 발이 커지거나 얼굴이 잘생겨지거나 키가 커졌던 날들이 내게도 있었는지. 그러다가 나는 잡지에서 읽은 대로, 세상에 의해 검게 칠해진 찬 선생이 다른 탈출자와 함께 세 개의 루트 중에서 가장 멀고 험한 길, 즉 미르스베이 앞에 서 있는 장면을 떠올렸다. 옷을 벗은 채 로프로 서로의 몸을 묶은 두 사람은 보이지 않는 밤바다를 내려다보고 있다. 거기서부터 홍콩의 해안까지는 여섯 시간은 족히 헤엄쳐야만 했다. 딥베이와 달리 그쪽은 국경수비대의 감시가 느슨한 대신 상어들이 문제였지만, 그날은 전혀 보이지 않았다. 왜냐하면 제7차 태풍 리타가 홍콩 쪽으로 다가오고 있었기 때문에. 찬 선생은 바람의 방향을 살폈다. 잘될 것 같다는, 좋은 생각이 들었다.

"물론 있었지요."

나는 끄덕였다. 그럴 때, 나도 뭔가 좋은 생각을 하고 있었다. 찬 선생이 나를 찾아온 지금처럼. 1972년 7월 16일, 다시 바람이 불어오기를 기다렸다가 동료와 함께 바다로 뛰어든 찬 선생처럼. 나는 눈을 크게 떴다. 검은 밤바다를 가로지르는 찬 선생의 몸이 하얗게 반짝였다.

토키도키 유키

신혼여행지는 홋카이도였다.

여자가 겨울이 아니라면 아무 의미가 없다고 해 두 사람은 1월에 결혼식을 올렸다. 모든 절차가 끝나고 나니 낯선 행복이 그들을 기다리고 있었다. 생전 처음 보는, 어색하기만 한 행복이었다. 이런 행복과 함께 있어도 괜찮을까 싶은 걱정마저 드는, 약간은 부담스러운 행복이었지만 아직은 예식의 흥분이 남아 있어 감사하게 여기기로 했다.

숙소는 삿포로 시내 나카지마 공원 안에 있는 파크호텔이었다. 누군가 옆에 있다는 사실 때문에 일찍 깨어난 남자가 창문의 커튼을 젖혔더니 눈으로 하얗게 뒤덮인 나카지마 공원이 한눈에 들어왔다.

그런 눈밭 위를 걸어다니는 사람들이 있었다. 눈 위를 걷는 것도, 그 움직임도 부자연스러워 유심히 살펴보니 다들 스키를 신고 공원을 빙빙 돌고 있었다. 다른 도시의 시민들이 아침 공원에서 조깅을 하거나 자전거를 타듯이 말이다.

조식을 먹은 뒤 산책 삼아 공원으로 나가봤더니 길에는 기차 레일처럼 두 줄로 길게 홈이 패어 있었다. 많은 사람들이 누구

하나 탈선하는 일 없이 얌전하게 두 줄의 홈을 따라 공원을 돌고 있었다.

숨이 막힐 것 같네.

남자가 여자에게 말했지만, 다른 뜻은 없었다.

산책에서 돌아온 그들은 다시 침대 속으로 들어갔다. 여자에게서는 은은한 살냄새가 났다. 남자는 그 냄새를 좋아했다. 여자가 좋아 살냄새를 좋아하는지, 살냄새가 좋아 여자를 좋아하는지 알 수 없었다.

1월의 홋카이도는 사랑하기 좋은 섬이었다. 밤이나 낮이나 두 사람은 사랑을 나누었다. 결과적으로 최고의 신혼여행지였다.

어느새 잠들었다가 깨어보니 여자가 침대 머리맡의 라디오를 켜고 있었다. 스피커에서 잔잔한 발라드가 흘러나왔다. 디제이의 멘트가 이어지는가 싶더니 차분한 여성의 목소리로 바뀌었다. 남자는 일본어를 잘 몰랐지만 반복되는 목소리를 들으며 라디오 속의 여성이 홋카이도 도시들의 이름을 말한 뒤 최고기온과 최저기온을 알려주고 있다는 사실을 짐작할 수 있었다. 그다음은 모두 '토키도키 유키'였다.

삿포로, 토키도키 유키. 하코다테, 토키도키 유키. 오타루, 토키도키 유키. 아사히카와, 토키도키 유키.

아직 잠에서 덜 깬 채 그 목소리를 듣고 있노라니 '토키도키 유키'란 말이 외국어 기도문처럼 들린다고 남자는 생각했다.

"'토키도키 유키'가 뭐지?"

남자가 여자에게 물었다.

"'때때로 눈'이라는 뜻이야."

"그럼 눈이 온다는 예보네."

"언제인지는 모르겠지만 오기는 온다는 뜻이겠지."

"기다릴 게 생겼네. 안 그래도 눈 구경 실컷 하고 싶었는데."

"또 보고 싶은 건?"

일본에 대해 잘 아는 여자가 물었다.

"이와이 슌지 감독의 영화를 홋카이도에서 촬영하지 않았나?"

"맞아. 〈러브레터〉. 오타루에서 찍었어. 여기서 멀지 않아."

"오겡키데스카?"라고 남자가 두 손을 모아 외쳤다. 일본어를 몰랐지만 그 대사는 잊을 수 없었다. 그러자 여자도 두 손을 모아 대답했다. "와타시와 겡키데스." 남자는 웃으며 여자에게 손을 뻗었다. 여자는 남자의 손을 피하려고 했다.

"와타시와 겡키데스."

몸을 돌리며 여자는 계속 말했다.

신혼여행 기간 내내 일기예보는 '토키도키 유키'였다. 노천 온천에 몸을 담그고 하늘을 올려다보면 어느새 눈송이들이 떨어지는 게 보였다. 떨어지던 눈송이들은 온천의 뜨거운 김에 가까워지면 원래 없었던 것처럼 흔적도 없이 사라졌다.

온천에서 나온 두 사람은 웃으면서 종종걸음을 놓았다. 그때 둘은 젊었다. 결혼식장에서부터 따라온 낯선 행복은 숨을 헐떡이며 두 사람을 뒤쫓아 달려야만 했다. 둘은 라멘집에 들어가 사기국자로 뜨거운 국물을 홀짝였다. 그리고 차가운 생맥주를 마셨다.

오겡키데스카? 한 사람이 말하면 다른 사람이 와타시와 겡키데스, 라고 대답하고 함께 웃었다. 눈물 같은 건 이 세상에 존재하지 않는다는 듯이. 두 사람은 삶이 그렇게 멈추기를 바랐다.

그러니까 차가운 눈이 떨어지다가 온천의 뜨거운 김에 녹아 흔적도 없이 사라지는 풍경 속에서.

삶은 결코 멈추지 않는다는 이야기를 그들이 들은 건 홋카이도 대학교 후문 앞 이층 카페 'Rolling Stones'에 갔을 때였다. 밴드 롤링스톤스의 사진과 음반과 기념품 들로 가득한 그 카페에서 그들은 겨울이 시작되면서부터 차곡차곡 쌓이기만 하는 홋카이도의 눈에 대해 들었다.

겨울 내내 거리의 눈은 쌓여간다. 아이의 키만큼. 눈은 자란다. 어른의 키만큼. 겨울이 깊어지는 만큼 더 높고 더 단단하게. 그러는 동안 사람들은 사랑하고 증오하고 기뻐하고 원망한다. 어떤 연인들은 삶이 그대로 멈추기를 바란다. 그들의 바람대로 겨우내 쌓인 눈은 녹지 않는다. 겨울은 영원히 계속될 것처럼 보인다.

"하지만 3월이 되면 서서히 그 눈이 녹기 시작합니다."

카페를 지키던 할머니가 말했다. 그들이 허니문으로 홋카이도에 왔다고 하자 특별히 들려줄 이야기가 있다고 할머니는 말했다.

"삶은 인간의 바람보다 더 긴 것이에요."

언젠가, 봄이 되자 어른들의 키보다 더 높이 쌓였던 눈더미가 녹아내리면서 젊은이의 시체가 나왔다고 할머니는 말했다. 사람들이 늘 지나다니던 대로의 한복판에서. 머리는 검고 얼굴은 하얀, 여전히 아름다운 젊은이가.

"겨우 봄까지 숨길 수 있었을 뿐이었지요. 인간의 바람이란 그처럼 헛된 것이니까."

어색하기만 했던 행복이 자리에서 일어나 카페를 나간 것은 바로 그 순간이었다. 차가운 눈이 떨어지다가 온천의 뜨거운 김에 녹아 흔적도 없이 사라지듯. 그 모습에 두 남녀가 겁에 질리자 아직 이야기는 끝난 게 아니라고 할머니가 그들을 달랬다.

집으로 돌아온 뒤, 가끔씩 둘은 신혼여행 때의 일들을 얘기하곤 했다. 토키도키 유키, 라는 말처럼 때때로 내리며 차곡차곡 쌓여가던 거리의 눈과 온천의 김 사이로 사라지던 눈을, 홋카이도 원주민인 아이누족의 '아이누'는 그들의 말로 '인간'이라고 설명한 가이드북의 구절을, 인간의 바람보다 삶은 더 오래가는 것이니 이후의 인간은 서로 의지해 삶을 건너가야 한다는 카페 할머니의 당부를……

시간이 흐르면서 두 사람 사이에는 아이가 태어났다. 점점 살이 붙었고 허리가 굵어졌다. 1월의 홋카이도에서 자신들이 무엇을 원했는지 그 기억도 조금씩 잊혀졌다.

어느 날, 남자는 필요 없는 책들을 정리하다가 홋카이도 여행 가이드북을 발견했다. 귀를 접어둔 페이지를 펼쳤더니 '아이누'에 대한 설명이 나왔다.

"'아이누'는 그들의 말로 '인간'이라는 뜻이다. 아이누란 신성한 존재인 '카무이'와 대비되는 존재다."

남자는 여자와 아이에게 그 부분을 읽어줬다.

"토키도키 유키, 기억나?"

여자가 말했고 남자는 고개를 끄덕였다. 그게 무슨 말이냐고 아이가 물었다. 토키도키 유키란 언제일지는 모르지만 눈이 오기는 온다는 말이라고 남자가 설명했다.

"토키도키 유키."

아이가 그 말을 따라 했고 두 사람은 웃었다. 한동안 보이지 않던 행복이 어느 틈엔가 나타나 그들의 옆에서 웃었다. 이제 행복은 더이상 어색하지 않았다. 때때로 내리는 눈과 마찬가지로 언제인지는 모르지만 행복이 오기는 온다는 것을 이제 그들은 알게 됐으니까.

삿포로의 할머니가 한 말처럼, 그렇게 긴 삶이 계속됐다.

나와 같은 빛을 보니?

I

프랑스에서 태어난 알리스는 지금은 멕시코시티에서 살고 있다. 멕시코는 지구의 반대편에 있으니 국외로 나갈 일이 여의치 않은 팬데믹 상황에서 우리가 만날 확률은 거의 없었다. 하지만 알리스는 화가이고 나는 가수다. 덕분에 우리는 제주도 남쪽의 한 섬에서 함께 지내게 됐다. 그게 2021년 9월의 일이었다.

그 섬은 가오리 모양으로 생긴 섬이었다. 섬에서 가장 높은 곳은 전망대다. 섬 중앙, 전망대가 있는 작은 둔덕의 높이는 해발 20.5미터다. 거기 서면 북쪽으로는 제주 본섬, 남쪽으로는 마라도가 보이고, 동쪽과 서쪽은 망망대해다. 전망대를 제외하면 높은 건물이나 지형지물이 없어 바다에서 부는 바람은 거칠 것 없이 섬을 휩쓸고 지나간다. 레지던시 건물을 땅속에 지은 이유도 그 드센 바닷바람에서 찾을 수 있다.

땅 아래 있으니 갑갑할 때가 많았고, 그럴 때면 옥상으로 올라갔다. 그래봤자 일층 높이인 옥상에 올라서면 제일 먼저 한라산이 한눈에 들어왔고, 그다음에는 바다와 그만큼이나 광활한 하늘이 시야를 가득 메웠다. 어쩌면 나는 그 산과 바다와 하늘을 보려고 거기까지 간 것일지도 모르겠다는 생각이 들었다. 알리스와 오래 얘기하게 된 곳도 옥상이었다.

2

그 섬에서 지내는 동안 나는 점점 이방인이 되어갔다. 말하자면 '뉴욕의 영국인Englishman in New York'처럼 말이다. 처음에는 나도 섬 주민들과 친해져보려고 했다. 길 가다가 주민들을 마주칠 때마다 고개 숙여 인사했지만 주민들은 그런 내가 부담스러운지 시큰둥했다. 왜 그랬는지는 나중에 어촌계장에게서 들었다. 섬 주민들은 어차피 떠날 사람에게는 마음을 주지 않는다고 그는 말했다. 그러고 보니 어촌계장은 서울에서 이주한 사람이라 그런 말까지 들을 수 있었던 것 같다.

그 얘길 들은 뒤부터는 나도 부러 인사를 하지 않았다. 골목길에서 마주쳐도 우리는 데면데면 지나갔다. 마을 주민이겠거니, 혼자 온 관광객이겠거니 하며 서로를 짐작하기만 했는데, 그게 또 나쁘지 않았다. 그러자 섬은 서울의 한 거리와 비슷해졌고, 내 마음도 편해졌다. 나는 이어폰을 끼고 노래를 들으며 섬 곳곳을 걸어다녔다. 〈뉴욕의 영국인〉은 오랜만에 들은 스팅의 노래였다. 혼자 산책하는 섬에서 그 노래를 들으니 어쩐지 외로움이 절절하게 느껴졌다.

그러다가 그 할머니를 만났다. 섬의 다른 할머니들과 마찬가지로 그 할머니 역시 전동차를 타고 골목길을 지나가고 있었다. 할머니의 전동차가 갑자기 음악에 귀 기울이며 걷고 있던 내 앞을 가로막았다. 옆으로 돌아가려고 하는데 할머니가 내게 뭐라고 말을 붙여왔다. 음악 소리 때문에 잘 들리지 않아 이어폰을 뺐더니 할머니는 "일본 사람이시오?"라고 물었다. 그전에 무슨 말을 했는지 제대로 듣지 못해 무슨 뜻인지 얼른 이해할 수가 없었다.

"제가 일본 사람이면 할머니 말씀도 못 알아듣잖아요. 아니에요."

대답하는데 웃음이 나왔다.

"한국 사람이면서 왜 그런 티셔츠를 입었어?"

곧 나는 상황을 이해했다. 내 티셔츠에 일본어가 적혀 있었던 것이다.

"옛날에는 돈이 많지 않았어요. 그때 산 싸구려 옷이에요."

굳이 말하지 않아도 될 얘기까지 나는 털어놓았다.

"그럼 일본말 할 줄 알아?"

"네. 조금은."

"내가 저기 상동 골목 두번째 집에 혼자 사는데, 그럼 이따 저녁에 밥 먹으러 와."

할머니의 갑작스런 식사 초대에 나는 당황했다.

"왜 저한테 밥을?"

"어차피 저녁 먹어야 할 거 아니야? 일본에서 나한테 온 편지가 있는데, 일본말이야. 어촌계장이 있으면 읽어줬을 텐데 지금 서울에 갔어. 그러니 밥 먹고 대신 좀 읽어줘."

"아, 그게 근데……"

내 일본어는 여행 가서 숙소를 찾아가고 식당에서 겨우 메뉴를 주문할 수 있을 정도였다. 식사 후 잘 먹었다고 일본어로 말할 수는 있겠지만 편지를 읽고 해석하지는 못할 게 분명했다.

그러나 할머니는 내 말을 듣는 둥 마는 둥 당신 할 말만 하고는 그냥 가버렸다.

3

어촌계장은 나와 비슷한 연배의 사십대 여성으로 섬에서 가장 젊은 해녀다. 나중에 그녀에게서 들은 바에 따르면 할머니는 해녀 중에서도 실력이 가장 뛰어나다는 상군 해녀였다. 지금도 그 마을에서 가장 오래 잠수할 수 있는 사람이라고 했다.

저녁에 찾아가니 마당에 테왁 같은 물질 도구들이 보였다. 마루 앞에 서서 계시냐고 물으니 안방에서 들어오라는 소리가 들렸다. 별 생각 없이 문을 열고 안으로 들어가다가 나는 놀라서 자빠질 뻔했다. 할머니가 거꾸로 매달려 있었던 것이다.

"지금 뭐 하세요?"

"보면 몰라? 거꾸리 하잖아. 이걸 하면 허리가 덜 아파. 거기 앉아."

할머니는 거꾸리라고 부르는 기구에 매달려 있었다. 다리를 고정시키고 뒤로 누우면 거꾸로 매달릴 수 있었다. 그런 기구가 있는 줄 알고는 있었지만 해도 떨어진 저녁에 느닷없이 사람이 매달린 모습을 보게 될 줄이야.

거꾸로 매달린 채, 할머니는 내게 무슨 일을 하느냐고 물었다. 가수라고 대답하자 두 눈을 동그랗게 뜨더니 이름이 뭐냐고 물었다. 나는 이름을 말했다.

“잘 모르겠네. 유명한 가수는 아닌가봐.”

당신이 모르시면 다 무명 가수, 라고 하기에는 이곳이 너무 외딴섬이지 않나요, 반문하고 싶었지만 꾹 참았다.

“자기 노래도 있어?”

“그럼요. 앨범도 몇 개나 있는데, 두번째 앨범은 상도 받았어요.”

사람을 만만하게 보는 것 같아 또 굳이 말하지 않아도 될 얘기까지.

“그럼 한 곡 불러봐.”

거꾸로 매달린 할머니의 얼굴이 어쩐지 무섭게 보였다. 갑자기 노래를 불러보라니. 무슨 노래를 부르면 좋을까 생각하다가 얼마 전에 만든 노래를 부르면 좋겠다 싶었다.

4

옥상에서 만든 노래였다. 가사에 등장하는 호랑이의 눈빛은 서쪽 전망대 쪽으로 떨어지는 태양을 뜻했다. 노을은 섬에 전기를 공급하는 발전소와 철거가 예정된 풍력발전기 사이의 하늘을 붉게 물들이고 있었다. 그 섬의 여름은 끈질겨서 9월이 지나도 한없이 늘어진다. 그렇긴 해도 빛이 성기어지는 어스름이면 바람의 방향이 바뀌면서 한층 시원해졌다. 이미 떠나왔음에도 나는 또 어디론가 떠나고 싶어 마음이 흔들렸다. 나는 왜 이런 것일까, 떠나온 뒤에도 왜 또 이다지도 떠나고 싶은 것일까 싶은 마음에 흥얼거린 게 바로 그 노래였다.

노래하는 동안, 태양은 지평선에 반쯤 가려졌다. 뒤에서 박수 소리가 들렸다. 돌아보니 알리스가 서 있었다.

"멋지다. 너의 노래야?"

내가 가수라는 걸 아는 알리스가 물었다. 나는 고개를 끄덕였다.

"제목은?"

"저 노을에 대한 것인데……"

그러다가 어떤 프랑스어가 떠올랐다. 즉흥적으로 그 말을 제목으로 삼으면 되겠다는 생각이 들었다.

"제목은 '벨 에포크'야."

"가사도 프랑스어라면 좋았을 텐데. 왜 그런 제목을 붙였어?"

'아름다운 시절'을 뜻하는 벨 에포크Belle Époque라는 말을 들으면 나는 아이로니컬하게도 전쟁이 떠오른다. 프랑스어 벨 에포크란 19세기 말부터 제1차 세계대전이 일어나던 1914년 전까지 유럽이 평화를 누리며 사회, 경제, 기술, 정치적으로 번성했던 시절을 회고적으로 말할 때 사용하는 용어이기 때문이다. 여기서 중요한 것은 '회고적으로'라는 말이다. 두 번의 세계대전이 이어지지 않았어도 전쟁 전의 유럽이 그토록 평화롭고 풍요롭게 기억될 수 있었을까? '회고적으로'라는 말은 그뒤에 일어난 끔찍한 일, 즉 전쟁을 겪고 난 뒤에야 그 시절이 제대로 보였다는 뜻이다. 벨 에포크를 살아가는 사람은 그 시절이 벨 에포크인지 어떤지 알지 못한다. 한 번의 인생이란 살아보지 못한 것이나 마찬가지라는 생각이 드는 이유가 바로 여기에 있다. 죽은 뒤에야 우리는 우리의 삶이 얼마나 아름다웠는지 알 수 있을 테니 말이다. 그러므로 잘 살고 싶다면 이미 살아본 인생인 양 살아가면 된다.

이런 얘기를 모두 알리스에게 전달할 수는 없었기에 나는 짧게 대답했다.

"전쟁과도 같은 시간이 이제는 다 끝났다는 걸 말하기 위해서 붙였어."

"전쟁은 끝났다. 좋다. 한 번 더 불러줄 수 있겠어?"
"물론이지."
나는 그 노래를 한 번 더 불렀다.

5

노래를 다 부르고 나자 할머니는 이제 책상 위에 놓인 편지를 읽어달라고 했다. 아직 뜯지도 않은 편지였다. 겉봉에는 한자로 적힌 성과 함께 히라가나로 'かおり'라고 적혀 있었다. 사전에는 '좋은 냄새'라고 나와 있었다. '좋은 냄새'가 보낸 편지는 뜻밖에도 한글로 적혀 있었다.
"할머니, 이건 할머니도 읽을 수 있어요. 한국말로 적혀 있어요."
"이렇게 하고 어떻게 읽어? 네가 읽어봐."
여전히 거꾸로 매달린 채 할머니가 말했다. 나는 편지를 읽었다.

할머니에게

어머니 대신 한국어로 편지를 쓰는 것은 힘들었다.

당신이 사는 바다에는 방향이 없습니다. 사방이 모두 같다. 그러나 태양이 떠오르면 방향이 나옵니다. 빛의 방향입니다.

난 당신이 나와 같은 방향으로 서 있기를 바랍니다. 이렇게 나는 당신을 생각한다. 이제 당신도 빛을 향해 서 있기를 바랍니다. 그런 다음 우리는 같은 방향을 향하고 있습니다.

나와 같은 빛을 보니? 그렇게 생각하면 기분이 좋아집니다. 그래서 카오리는 빛 쪽으로, 태양 쪽으로 향하려고 한다. 할머니도 빛을 향해 태양을 향한다. 다음 우리는 지금 연결한다.

모든 것이 끝났습니다. 엄마의 장례식은 잘 끝났다.

지금 긴장을 풀어주세요.

외손녀 카오리 드림

편지를 다 읽고 보니 할머니가 거꾸로 매달린 채 울고 있어 나는 얼른 할머니를 바로 세웠다.

그러자 언제 울었냐는 듯이 거꾸리에서 내려온 할머니는 말했다.

"우리 저녁 먹자."

강에 뛰어든
물고기처럼

스무 살이라면 앞날이 창창하다고들 말할 것이다. 사람의 일생을 여든 살로 본다면, 이제 1쿼터가 끝난 셈이니까. 1쿼터는 정말 느리게 지나갔다.

그녀를 만나기 전, 나는 열아홉 살이었고 대학교에 막 입학했으며 뭔가를 간절하게 그리워하고 있었다. 맞다. 그녀를 만나기 전부터 나는 그녀를 그리워했다.

"당신의 삶에서 아직 존재하지 않는 미래의 누군가를, 만나기도 전에 그리워하는 게 가능한가요?"

닥터가 내게 물었다. 그는 뭔가에 빠지는 사람들을 연구하고 있었다. 전문가이므로 그는 내 대답을 이미 알고 있었다.

"물론입니다. 그리움은 지금 우리가 강의 바깥에 있다는 것을 말해주니까요."

삶은 강물과 같다. 양쪽에는 둑이 있고, 나는 그 둑에서 강을 바라본다. 강은 시작 지점에서 끝까지 한눈에 들어온다. 강 전체를 봤기에 나는 그녀를 보자마자 강으로 뛰어든다. 나는 이게 처음이 아니라는 것도 알고 있다. 하지만 강물에 젖는 순간, 나는 그 모든 것을 잊어버렸다.

닥터는 뭔가에 빠져든 사람들에게 다음과 같은 일들이 일어난다고 내게 설명했다.

첫째, 자율신경의 활성화. 갓 태어난 아이가 숨을 쉬는 건 아이의 의지가 아니라 자율신경이 활성화됐기 때문이다. 아이는 태어나기 전부터 숨을 쉬어온 사람처럼 아무 준비 없이 완벽하게 첫 숨을 마시고 뱉는다. 마찬가지로 어떤 사람들은 마치 그러기로 약속돼 있던 것처럼 뭔가에 빠져든다.

둘째, 새로운 감각의 생성. 뭔가에 빠져들고 나면 그들에게는 새로운 눈과 귀와 코와 입과 손이 만들어진다. 그들에게는 그들만의 감각이 생긴다. 그 감각들로 그들은 새로운 세계를 만든다. 이 세상에는 다른 사람들의 눈에는 보이지 않는, 빠져든 사람들만의 세계가 수없이 많다.

셋째, 시간에 대한 착각. 돋보기가 햇빛을 하나의 점으로 모으듯 빠져드는 일은 우리의 일생을 지금 이 순간에 집중시킨다. 더 많은 시간이 집중되면서 지금 이 순간은 한없이 늘어난다. 그 효과로 그들은 엿가락처럼 늘어진 현재가 차츰 굳어가는 것을 경험한다.

"사랑하는 동안 당신은 1아토초보다는 짧고 1플랑크시간보다는 긴 현재를 경험했습니다."

닥터는 단언했다. 그의 설명에 따르면, 1아토초는 10^{-18}초이고 1플랑크시간은 10^{-43}초다.

"모든 게 끝나가고 있으니 가능하면 알아듣기 쉽게 설명해주세요."

내 말에 닥터는 손목시계를 바라보며 말했다.

"1초. 방금 1초가 지나갔습니다. 1아토초가 1초라고 가정해 봅시다. 그렇다면 원래의 1초는 우주의 나이만큼 긴 시간이 됩니다. 사랑에 빠져 있는 동안 당신은 거의 영원에 가까울 정도로 긴 1초를 경험했습니다. 몰입을 연구하는 우리에게 당신은 매우 소중한 사례입니다."

"뭐가 뭔지 도통 모르겠습니다."

"당연히 혼란스럽겠죠. 지금 당신은 죽어가고 있습니다. 그것도 아주 빠른 속도로. 뭔가에 빠져들었다가 현실로 복귀한 사람들에게 이런 일은 흔하지만, 그중에서도 당신의 사례는 상상할 수 없을 정도입니다. 당신은 인류 역사상 가장 긴, 그러니까 우주의 나이만큼 긴 1초를 경험한 것으로 보입니다."

"저는 다만 한 여자를 사랑했고, 그 사랑이 끝났을 뿐입니다."

"그 사랑에 완전히 빠져 있었기 때문에 1초는 한없이 길어진 것입니다. 우리의 1초가 당신에게는 그토록 긴 시간으로 느껴졌다면 그때 당신은 1아토초보다는 짧고 1플랑크시간보다는 긴 현재를 경험하고 있었다는 뜻입니다. 시간은 상대적으로 흐르니까요. 빠져 있을 때, 당신에게는 지금 이 순간뿐이었습니다. 그다음은 영원입니다. 지금 이 순간이 영원이 될 때, 인류에게 더이상 죽음은 없습니다."

"저는 영원한 삶을 바라지 않습니다. 지금 이 순간의 삶만 바랄 뿐입니다."

"그건 같은 말입니다."

"그러나 이제는 모든 게 끝났습니다. 지금 저는 영문도 모르고 강물 밖으로 쫓겨난 물고기와 같습니다."

내가 눈물을 흘리자 닥터는 더이상 나를 설득하려고 하지 않았다.

"지금 당신은 강물 밖의 물고기와 같군요."

그리고 지금 나는 언젠가처럼 뭔가를 간절하게 그리워하고 있다.

"당신은 지금 급속히 노화되고 있습니다. 빠져들 대상을 잃어버린 사람들에게 흔히 나타나는 부작용이죠."

닥터는 전문가다. 그는 어떤 것에 깊이 빠져든 사람들을 통해 인류를 구원하는 방법을 연구하고 있다. 그러니 닥터의 말을 믿어야만 한다.

"이것은 시간의 흐름을 잊을 정도로 빠져든 사랑의 결과입니다. 후회하나요?"

나는 고개를 저었다.

내 일생의 2, 3, 4쿼터는 순식간에 지나갔다. 나는 내 몫의 숨을 한 번에 내쉬었다. 결국 나는 예정대로 여든 살을 채우고 죽었지만, 사람들은 내가 실연의 아픔으로 스무 살에 요절했다고들 말했다.

거기 까만 부분에

I

그 일이 있고 나서 제일 아쉬운 부분이 있다면 사진이라도 많이 찍어둘걸, 하는 거였어요. 찾아보니까 고등학교 들어가고 나서 찍은 사진이 많지 않더라구요. 이제는 그런 일도 다 자책이 되어버려가지고…… 시진이 어릴 때는 그래도 사진 많이 찍었거든요. 비슷한 또래니까 아시겠지만, 그때는 디지털카메라가 아직 없을 때라 다들 애기들 찍느라고 사진기도 사고 비디오카메라도 사고 그랬잖아요. 시진이가 첫아이라 우리도 때마다 철마다 꼬박꼬박 사진을 찍으면서 지나왔어요. 둘째, 셋째부터는 시들해졌지만요. 혹시 아이가 있으세요? 2000년생이에요? 지금 한창 예쁠 때네요. 아니요. 시진이는 사춘기라고 말썽 피우고 그러지 않았어요. 왜 그 나이 때는 반항도 많이 하고 그러잖아요. 우린 시진이가 안 그러니까 다른 집 애들도 다 시진이 같은 줄 알았는데, 이번에 사고 나고 엄마들 만날 일이 많아서 서로 얘기해보니까 저희 애만 되게 쉽게 지나온 거예요. 그런데 딱 하나 달라진 게, 사진을 안 찍으려고 하더라구요. 중학교 들어가면서부터는 카메라만 들이대면 고개 돌리고 찍지 마, 그래요. 몰래 찍으면 지우라고 난리였고요. 그래서 사진 찍는

게 엄청 싫은 모양이구나, 그렇게 생각했는데 그게 또 아니었나봐요. 우리는 시진이 무덤을 나무 속에 지었어요. 서호나 이런 데가 아니라 수목장을 했거든요. 어릴 때 잠투정 심하게 하다가도 업고 토닥이면 신기하게도 금방 잠들던 게 기억나서. 그게 손탄 게 맞는데요, 그렇게 잘 잤어요. 나무는 바람 불면 살살 흔들리니까 우리 시진이 잘 자라고 수목장을 했는데요, 어느 날 거기에 가봤더니 김주희라는 애가 편지를 남겨놓고 갔는데, 내용을 보니까 너를 결코 잊지 않겠어, 뭐, 그런 것이었어요. 그런데 그중에 시진이랑 찍은 사진을 한참 들여다봤다는 구절이 있더라구요. 처음 들어보는 이름이라 시진이랑 친했던 애들한테 물어봐도 다들 잘 모르더라구요. 그래서 그냥 같은 반 여학생이었나보다, 그러고 말았죠. 하지만 속으로는 사진이라면 질색하던 애가 웬일이었대? 하는 생각도 들더라구요. 앨범에 그 사진도 있으니까 제가 가져올게요. 작가님한테는 꼭 보여드리고 싶어요.

초음파 사진부터가 시작이에요. 시진이는 서울 왕십리에서 태어났어요. 시댁이 거기 있어가지고 결혼하고 처음에는 거기서 살았거든요. 이게 십이 주가 지날 때였나봐요. 보시면 알겠지만, 이때쯤이면 팔다리도 보이고, 희미하지만 손가락도 다섯 개가 다 보여요. 그때는 애를 가진다는 게 뭔지도 모를 때였어요. 생각보다 애가 빨리 들어서기도 했고요. 처음에 시진이 막 태어났을 때는 너무 못생겨서 내 새끼 아니라고 그랬어요. 애가 눈을 감고 있는데, 눈두덩이 너무 튀어나와가지고 금붕어 같다고, 애 내 새끼 아니라고, 어쩌면 이렇게 못생겼냐고 막 그랬거든요. 그런데 눈 뜨고 나니까 똑같더라구요. 뭐, 어쩔 수 없이 제 아빠하고 똑같이 생겼더라구요. 그게 저희 스물여덟 살 때예요. 좀 빨랐죠. 저희가 동갑인데 남자 스물여덟 살이면 아빠가 되기엔 좀 이른 거잖아요. 그런데 막상 시진이가 태어나니까 아빠가 좋아했어요. 그냥 좋아한 게 아니라 굉장히 좋아했어요. 이다음은 아이가 태어나면 병원에서 챙겨주는 것들이에요. 탯줄하고, 거기서 애 발 찍어준 거, 족적. 이건 손목에 차는 인식표 같은 거구요. 이거는 애기 바구니인가, 아마 그 바구니에 붙어 있었던 것 같아요. 몸무게가 3.39킬로그램이라고. 시댁 근처 병원에서 태어났는데, 예방접종 같은 거 맞으러 가면요, 의사 선생님들이 그놈 밥 잘 먹게 생겼다고 그랬거든요. 그런데 진짜 잘 먹었어요. 돌 지나고부터는 먹는 게 절정에 이르렀죠. 그러다가 말을 하기 시작하니까 어찌나 수다스럽던지…… 그렇게 입으로 다 빠져나가는지 그때부터 살이 빠지기 시작했어요. 그러다가 저희가 왕십리를 떠나 안산으로 이사왔지요. 그게 시진이가 초등학교 5학년 때였어요. 무학초등학교에 다니다가 화랑초등학교로요. 그때부터 지금까지 쭉 여기서 살았어요.

이건 안산에 처음 이사와서 5학년 때, 여기 근처에 데리고 다니면서 안산이 어떤 곳인지 가르쳐줄 때 찍은 사진들이에요. 여긴 성호공원이고 여긴 안산식물원, 이건 노적봉에서 찍은 사진인데, 다 안산에 있어요. 노적봉 앞에 가면 이런 인공폭포가 있거든요. 이제 좀 큰 애 같죠? 이 얼굴이 마지막 얼굴이에요. 안경만 썼다 뿐이지, 아빠랑 똑같죠? 곱슬머리 있는 거, 둘 다 말이 많은 것까지도 닮았어요. 안산에 와서는 주말마다 아빠랑 영화를 보러 갔어요. 영화 보러 가자고 하면 금방 따라나섰어요. 처음에는 아빠 따라서 SF영화를 보기 시작했는데, 그뒤에는 시진이가 더 열심히 봤죠. 〈아바타〉나 〈그래비티〉 같은 영화는 보고 또 보고 그랬어요. 그때부터 과학경시대회도 열심히 나가고 과학교육원에서 하는 수련회에도 참여하곤 했죠. 그렇게 시진이가 별이니 우주니 하는 것을 좋아하게 되다보니까 본의 아닌 해프닝도 벌어졌어요. 한번은 책을 잘 읽지 않던 애가 갑자기 『화성에서 온 남자 금성에서 온 여자』라는 책을 읽고 있길래 'SF소설이야?'라고 물었더니 배를 잡고 웃는 거예요. 그 책 아시나요? 저는 그 책이 어떤 책인지 몰랐어요. 무슨 책이냐고 물었더니 화성에서 온 남자하고 금성에서 온 여자가 서로 사랑하면 모든 면에서 서로 부딪힐 수밖에 없다는 얘기래요. 그러면서 "엄마하고 아빠처럼", 그러는 거예요. 가슴이 철렁했어요. 그래서 제가 "아니야, 얘. 엄마 아빠는 안 그래", 했더니 시진이가 말했어요. "엄마, 이 책은 그래도 괜찮다고 말하는 책이에요. 각자 다른 별에서 온 사람들이라는 걸 알기만 하면 된대요. 그럼 더 싸울 일이 없대요." "그런가? 각자 다른 별에서 왔으니까 더 많이 싸우는 거 아닌가?" 제가 그랬더니 시진이가 답답해하면서 "무엇 때문에 말이 잘 안 통하는지 알게 됐으니까 더 싸울 일이 없잖아요"라고 말했어요. "그럼 소설이 재미없어지잖아. 자꾸 싸워야 얘기가 재미있지." 그렇게 말하고 넘어갔는데, 나중에 시진이 방을 정리하다가 그 책을 발견했어요. 표지만 보고도 또 한참 울었어요. 그 목소리가 귓가에 생생해서. 그러다가 책을 펼쳐 읽고는 또 막 웃었어요. 소설이 아니더라구요, 그게. 읽으셨다니 아시겠지만. 시진이가 나를 보고 얼마나 웃었을까…… 그러다가 문득 그때 시진이가 왜 이런 책을 읽었나 싶고, 그렇게 생각하다보니까 우리 시진이 나무 밑에 편지 놔두고 간 그 여자애가 떠올랐어요.

일단은 당장 한 장의 사진이라도 아쉬우니까, 그런 생각을 하며 그 아이를 수소문했죠. 실제로도 시진이 죽고 난 뒤에 친구들 핸드폰에 있는 아주 작은 사진들까지도 다 모았거든요. 계속 앨범 보시면 아시겠지만, 심지어는 CCTV에 찍힌 손톱만한 얼굴도 찾아내서 다 인화했어요. 아무리 디지털 시대라지만 저는 인화해야지 마음이 놓이더라구요. 이리저리 물어보니까 살아 돌아온 친구 하나가 그애를 알더라구요. 같은 중학교에 다녔다면서. 그런데 그애가 시진이하고는 한 번도 같은 학교를 다닌 적이 없다고 하더라구요. 그 친구한테 걔가 시진이 사진도 가지고 있고, 무덤에 와서 편지도 남기고 갔다고 말하니까 깜짝 놀라는 거예요. "걔네 둘이 서로 알 리가 없는데……" 그러면서요. 알 리가 없긴 왜 없겠어요, 편지가 있는데. 그 편지도 복사해서 여기 앨범에 다 넣어뒀어요. 어쨌든 시진이 친구가 알아낸 전화번호로 문자를 보냈어요. '나는 시진이 엄마야. 네가 시진이 나무 앞에 놓고 간 편지를 읽었어. 거기 사진 얘기

써놓은 거 봤는데, 혹시 괜찮으면 그 사진을 내게 보내줄 수 있겠니? 내가 지금 시진이 사진을 모으고 있거든.' 그렇게요. 그런데 그 문자를 읽고 나서도 한참이 지나도록 답장이 오지 않는 거예요. 그래서 제가 다시 문자를 보냈어요. '혹시 내가 보면 안 되는 사진이니? 그런 게 아니라면 좀 봤으면 해. 우리 시진이 찍은 사진이 많지 않아서 그래.' 그랬더니 한 시간쯤 뒤에 주희에게서 전화가 왔어요. "그 사진이이요오"라며 뒷부분을 길게 끄는, 약간 거슬리는 말투였어요. "시진이를 찍긴 했는데 시진이는 안 나와요. 그래도 괜찮으세요?"라고 그래요. 그 말 듣는데 저도 모르게 소름이 쫙 끼치더라구요. 무슨 말인지 모르는데 몸이 먼저 알아차리는 경우가 있잖아요. 느낌상 안 보는 게 좋을 것 같았지만 그래도 보내달라고 했어요. 그랬더니 전화 끊고 조금 있다가 메시지가 왔어요. '이게 그 사진이에요'라는 문자와 함께 사진이 제 스마트폰에 들어왔어요. 그 사진도 여기 인화해뒀어요. 여기 맨 뒤로 넘기면…… 바로 이거예요. 그런데 작가님, 작가님은 시진이가 보이세요? 여기 어디에 시진이가 있나요?

처음에는 걔가 뭘 잘못 보낸 것 같아서 '사진이 이상한데, 제대로 보낸 것 맞니?'라고 메시지를 보냈어요. 그랬더니 걔가 '이상한 거 아니에요. 거기 까만 부분에 시진이 있어요'라고 답장을 해오는 거예요. '아니, 어디에 있다는 거니?' '거기 아래쪽 까만 부분에요.' '난 안 보이는데'까지 입력했다가 그만 핸드폰을 떨어뜨리고 말았어요. 갑자기 눈물이 뚝뚝 떨어지더라구요. 지금 생각하면 그게 울 일인가 싶은데 그때는 저도 어쩔 수가 없었어요. 뭔가 기대 같은 게 있었나봐요. 내가 모르는 시진이 모습 같은 거, 어쩌면 부모 몰래 사귀면서 저희끼리 찍은 사진 같은 거, 그런 게 있어서 조금이나마 시진이가 행복했었다는 사실을 사진으로 확인하고 위안받으려고 한 것인지도 모르겠어요. 그런데 거기 까만 부분에 시진이가 있다니, 도대체 무슨 소리를 하는 건지 알 수 없어 당황스러웠나봐요. 한참 울고 나서 문자를 마저 입력했어요. '넌 시진이가 보이니?' '네, 보여요.' '난 안 보여서 그러는데, 만나서 나한테도 좀 설명해줄 수 있겠니?' 그랬더니 십여 분 뒤에 문자가 왔어요. '안 만나면 안 될까요? 저 제대로 설명할 자신이 없어요.' 문자 창에는 그렇게 적혀 있었어요. 그래서 몇 번 전화했는데 애가 전화를 안 받고 죄송하다는 문자만 보내더라구요. 주희 전화번호를 알려준 친구에게 전화해서 "혹시 시진이랑 걔랑 사귄 거 아니니?"라고 물어보니까 또 "그럴 리가 없어요. 둘이 만날 리가 없어요" 하더라구요. "두 아이 사이에서 벌어진 일이라면 너라고 알 수는 없지 않겠니?"라고 내가 말했더니 "그렇긴 하지만, 에이, 아닐 거예요" 그러는 거예요. 그래서 그냥 그런가보다, 둘이 좋아했거나 아니면 그애가 시진이를 일방적으로 좋아했거나 그런 모양이라고 생각하고 잊어버리기로 했지요. 그런데 작가님, 그게 잘 안 잊혀지네요. 시진이에 대해서 내가 모르는 부분이 있다고 생각하니까, 나는 보지 못하는 시진이를 걔는 볼 수 있다고 하니까…… 둘 사이에 어떤 일이 있었는지 작가님에게는 혹시 말하지 않을까요?

2

나는 시진이 어머니에게서 받은 번호로 전화를 걸었다. 몇 번의 신호음 끝에 나온 앳된 목소리에는 당연히 경계심이 묻어 있었다. 김주희는 이제 방송홍보영상학과에 다니는 신입생이었다. 나는 차근차근 내가 누구며, 어떻게 시진이의 약전略傳을 쓰게 됐는지를 설명했다. 다행히도 주희는 내 이름을 들어본 적이 있었고, 덕분에 이야기가 잘 풀렸다. 나는 약전을 쓰기 위해 시진이의 가족과 친구 들을 만나 이야기를 들어보고 있다고 설명한 뒤, 시간을 내줄 수 있느냐고 물었다. 그러자 주희가 말했다.

"저는 정시진하고는 친구가 아니었는데요."

"주희 학생이 시진이 나무 앞에 편지를 놔두고 간 적이 있다고 하던데요?"

"그건 사실이에요. 하지만 저희는 친구가 아니었어요."

"그럼……"

나는 일단 말을 한 번 끊었다.

"둘이 사귀는 사이였나요?"

그러자 주희가 당황하면서 헛웃음을 내뱉었다.

"아니에요, 아니에요. 저희 그런 사이도 아니에요. 그냥 이름만 알던 사이에요."

"이름만?"

"네, 이름만. 정시진. 정시진도 아마 제 이름만 알았을 거예요. 어쩌면 이름도 몰랐을 수도 있고요."

"내가 이해가 잘 안 되어서 그러는데, 그럼 편지는 왜 놔두고 간 거예요?"

“정시진 말고 그 사고로 죽은 다른 친구들한테도 다 편지 남겼어요. 2012년에 반딧불이천문대 수련회에 참가했던 애들에 한해서지만.”

“반딧불이천문대?”

“예, 경상북도 영양군에 있는 천문대인데요, 안산 지역 과학 경시대회 입상자들은 거기로 수련회를 갈 수가 있었어요. 그때 같이 간 친구들 명단이 집에 있길래 죽은 아이들 이름과 하나하나 대조해봤어요. 그렇게 찾아낸 명단을 들고 일일이 돌아다니며 편지 남긴 거예요.”

“친하지도 않았다면서 왜 그런 일까지 한 거죠?”

“작가님은 왜 약전을 쓰시려고 마음먹었나요?”

주희가 대뜸 물었다. 나는 선뜻 대답하지 못했다.

“뭐라도 하고 싶었거든요.”

“저도 마찬가지였어요. 저는 실제로 그 아이들과 같은 시간, 같은 공간에 머문 적이 있는 거잖아요. 그건 엄청난 관계성이에요. 어쩌면 그 아이들이 아니라 제가 죽을 수도 있었던 거잖아요. 무궁무진한 가능성이 있었는데, 결국 그 아이들이 죽고 저는 살아 있는 세상만이 현실이 됐어요. 그래서 저는 이 현실에 책임감을 느껴요.”

"책임감?"

"다르게 말하면 영향이라고도 할 수 있을지 모르겠어요. 그런 사건이 일어나게 되면, 그리고 그 사실을 제가 알게 되면, 어떤 식으로든 저는 영향을 받을 수밖에 없잖아요. 그리고 제가 영향을 받는 만큼 그 사건이나 죽은 아이들의 의미도 달라질 테고요. 그게 제가 생각하는 책임감이에요. 그 사건에 기꺼이 영향을 받고 또 영향을 주겠다는 것."

"그런데 왜 그런 설명을 시진이 어머니한테는 말하지 못했나요?"

"그분들 앞에서는 어려워요. 어떻게 설명하면 좋을지 모르겠어요. 그분들에게는 이 현실이 유일하고, 바로 그런 이유로 우리 모두는 서로에게 책임감을 느낀다고 말씀드린다는 게 너무 잔인하잖아요."

"그럼 그 시커먼 사진은 뭐였어요? 나도 봤는데, 거기 어디에 시진이가 있나요?"

"혹시 국제어두운밤하늘협회라고 들어본 적 있으세요?"

"아니, 처음 들어요."

"어두운 밤하늘을 지키기 위해 만든 단체인데요. 전 세계를 돌아다니며 밤하늘의 밝기를 조사해서 보호공원으로 지정하는 일을 해요. 우리가 갔던 반딧불이천문대가 있는 계곡이 아시아에서는 처음으로 그런 보호공원이 됐어요. 주변에 마을이 없어 밤 열한시에 가로등을 끄면 주위가 칠흑처럼 어두워져 맨눈으로도 은하수를 볼 수 있거든요. 수련회 갔을 때, 우리도 은하수를 보려고 밤 열한시에 손전등을 들고 밖으로 나갔어요. 손전등으로는 발치만 비춰야 해요."

3

나는 눈을 감고 달빛도 없는 어둠 속을 걸어가는 주희를 상상했다. 발치를 비추는 작은 불빛이 흔들린다. 하늘에는 하얗게 은하수가 펼쳐져 있다. 조금 더 걸어가면 너른 공터가 나오고 주희는 다른 아이들과 함께 천문대 연구원의 지시에 따라 바닥에 눕는다. 제일 먼저 거문고자리, 독수리자리, 백조자리를 찾아 그 세 별자리의 가장 밝은 별들을 연결해 '여름의 대삼각형'을 만드는 방법을 배운다. 그러고 나서도 밤하늘을 계속 바라보라고, 그러다보면 처음에는 안 보이던 별들이 하나둘 눈에 보이기 시작한다고 연구원은 설명한다.

어둠에 익숙해지면서 주희의 눈에 수백 개의 별들이 들어오기 시작한다. 더 인내심을 가지고 지켜보면 수천 개의 별들까지 볼 수 있다. 하지만 주희가 보지 못하는 별들은 그보다 더 많다. 우리 은하계에만 천억 개 이상의 별들이 있으니까. 누구도 보지 못해 아직 밤하늘에 그 모습을 드러내지 못한 별들은 보이는 것보다 훨씬 더 많다. 천문학적인 발견이란 관측을 통해 어떤 별을 존재하게 만드는 일이다. 말하자면 어떤 별은 우리가 보는 순간부터 반짝이기 시작한다. 우리의 관측이 별을 탄생시키는 것이다.

거기까지 설명한 뒤, 연구원은 삼각대에 고정시킨 카메라와 핸드폰으로 번갈아 밤하늘 사진을 찍는다. 주희는 다른 학생들과 함께 카메라와 핸드폰에 찍힌 밤하늘 사진을 비교해서 살펴보면서 탄성을 지른다. 오래 노출시킨 카메라의 사진에 훨씬 더 많은 별들이 있다. 기계적으로 더 섬세한 덕분에 카메라는 핸드폰보다 더 많은 별들을 사진에 담은 것이다. 말하자면 카메라 쪽이 더 많은 별들을 존재할 수 있게 한 셈이다. "누가, 어떻게 바라보느냐에 따라 어떤 별은 존재할 수도, 존재하지 않을 수도 있는 거예요"라고 연구원은 말한다. "그러니 포기하지 않고 계속 바라보는 것, 그것이 관찰자로서의 책임감이 아닐까요"라고도 덧붙인다. 밤하늘 관찰이 끝나고 난 뒤, 학생들은 어둠 속에서 기념사진을 찍는다. 시진이가 찍힌, 그러니까 나도 본 바로 그 사진이다. 연구원은 플래시도 켜지 않고, 작은 빛에도 예민한 사진기가 아니라 핸드폰으로, 어둠 속에 묻힌 학생들을 찍는다.

거기까지 말하고 나서 "밤하늘을 관찰하는 태도를 학생들이 잊지 않도록, 어쩌면 책임감을 가지고 이 세상을 바라본다는 게 어떤 것인지 알려주기 위해 그 선생님은 그런 사진을 우리에게 찍어주신 게 아니었을까요?"라고 주희가 말했다. 그 목소리에 나는 눈을 떴다. 이 세상이 온전히 내 눈앞에 펼쳐졌다.

너무나
많은
여름이

I

늦은 밤 병원에 도착했을 때, 입구는 철저하게 봉쇄돼 있었다. 방호복을 입고 보호장구를 갖춘 직원이 문 앞에 앉아 나를 막아섰다.

"지금은 아무도 못 들어갑니다."

나는 어떻게든 안으로 들어가야 했다. 그렇게 말하려는데 입이 떨어지지 않았다. 병원 직원이 막아서면 어떻게 말해야 하는지 형에게 미리 들었지만 소용이 없었다. 나는 묵묵해지고 있었다.

"내일 낮에 다시 오세요."

말없이 서 있자 그 직원이 말했다. 그럴 수는 없었다. 나는 형이 알려준 대로 말해보려 했지만 역시 잘 되지 않았다. 그렇다고 다음 날 낮으로 미룰 수는 없는 일이었다.

수십 년, 아니, 수백 년의 시간이 흘러가는 것 같았다.

나는 마침내 입을 열었다.

"어머니가 오늘 밤에 임종한다고 해서 서울에서 왔습니다."

다급하게 떨리는 내 목소리에도 그는 놀라지 않았다. 병동의 간호사실에 전화해 그 사실을 확인한 뒤, 그는 문을 열어줬다.

로비의 불은 꺼져 있었고 인기척은 없었다. 나는 엘리베이터에 올라탔다. 서서히 문이 닫혔다.

왜 지금 나는 여기에 있는가?

엘리베이터가 올라가는 동안, 그런 질문이 떠올랐다. 그리고 뭔가 쓰고 싶어졌다.

이것은 바로 그 이야기다.

2

여든 살이 지나면서 엄마의 몸은 조금씩 어긋나기 시작했다.

워낙에도 병원에 자주 다녔지만, 입퇴원이 부쩍 잦아진 것은 그즈음부터다. 갑자기 고열이 나거나 주저앉은 뒤 일어나지 못했고, 그때마다 입원해야 했다.

컨디션이 조금만 나아져도 엄마는 집으로 돌아가겠다고 고집을 피웠다. 그러나 그 조금만 나아진 상태는 그리 오래가지 않았다. 입퇴원 주기가 점점 짧아지면서 병원과 집을 오가는 일은 우리에게 번거로운 일상이 되었다.

2020년 봄, 대구와 경북 지역에 코로나 환자가 속출할 무렵에도 엄마의 일상은 그렇게 계속되고 있었다. 하지만 변화는 불가피했다. 입원 절차가 그전보다 어려워졌다. 병원 입구에서 PCR검사를 받고 돌아갔다가, 하루나 이틀 뒤 결과가 음성으로 나와야 비로소 입원할 수 있었다. 매번 PCR검사를 받는 것도, 혹시 감염자가 있을지도 모를 병원에 들어가는 것도 상당한 스트레스였지만, 한바탕 전쟁을 치르는 듯 그렇게라도 입원하고 나면 다들 한숨을 돌릴 수 있었다.

그러던 어느 날, 뜻밖의 소식이 전해졌다.

환자가 늘어나자 당국이 코로나 환자들을 위한 병상을 늘리면서 엄마가 다니던 의료원이 코로나 전담병원으로 지정된 것이다.

다른 입원 환자들과 마찬가지로 엄마 역시 다른 병원을 찾아야 했다. 바로 입원할 수는 없었다. 거기서도 PCR검사를 받고 결과를 기다려야 했다.

불편함은 우울함으로 이어졌다. 언제까지 이런 일이 계속될지 알 수 없었다. 지금도 우리는 알지 못한다. 언제까지 이런 일이 계속될 것인지.

3

돌아보면 2019년은 여느 해와 다를 바 없이 끝났다. 나중에 소설을 쓰다가 유튜브에서 2019년 제야의 타종식 중계방송을 찾아본 적이 있었다. 몇 번을 반복해서 보는데 점점 상실감이 깊어졌다.

거기 종각 앞에는 수많은 사람들이 모여 새해의 시작을 축하하고 있었다. 그 가운데에는 키스하는 연인들도 있었다. 그 장면을 몇 번이나 봤는지 모르겠다. 그들은 알고 있었을까? 그렇게 마스크도 없이, 낯선 군중의 틈바구니에서 서로 입맞출 수 있는 날이 곧 끝나리라는 것을.

2020년, 우리의 삶은 크게 달라졌다. 직접 얼굴을 마주하는 인간관계는 가족, 친척, 사무실 동료, 몇몇 친구들로 축소됐다. 누군가의 얼굴을 온전하게 본다는 것은 이제 특별한 의미가 됐다.

코로나19 바이러스에 감염돼 죽는 사람들이 있었고, 백신을 맞고 죽는 사람들이 있었다. 어떤 죽음도 쉽게 납득할 수 없었다. 영화에서나 본 듯한 일들이 매일같이 벌어졌다.

지금까지 우리가 살아온 삶의 방식이 바뀌고 있는 것만은 틀림없었다. 그러나 그 끝이 어떨지는 알 수 없었다. 변화의 끝에 파국이 있을지, 새로운 삶으로 이어질 것인지.

우리의 앞에는 상실의 깊은 강이 있었다. 강물 속으로 들어가지 않고 그 강을 건너갈 방법은 없어 보였다.

4

PCR검사 후 음성 판정을 받은 엄마는 다른 병원에 입원했다.

5

2020년에도 봄은 어김없이 찾아왔다. 봄은 아름다웠다. 그 봄에는 이름이 있었지만 나는 결코 그 이름을 말할 수 없었다.

그 봄에 나는 사람들을 거의 만나지 않았다. 생각에 잠겨 혼자 몇 바퀴고 호수공원을 산책했다. 나무와 나무 사이, 해와 달 사이, 낮과 밤 사이를 걷고 또 걸었다. 하루 종일 틀어놓는 라디오에서 흘러나오는 음악에 무심코 빠져드는 일이 많아졌다. 나를 잃어버린 듯한 기분이 자주 들었는데, 어쩐지 그건 모든 것을 잃어버린 듯한 기분이었다.

의지할 만한 것은 독서뿐이었다.

그럴 때면 늘 그랬듯이.

백오십여 년 전, 미국에 헨리 데이비드 소로라는 사람이 살았다. 스물여덟 살이 되던 해, 그는 죽는 순간에 이르러서야 제대로 살지 못했다는 사실을 알게 되는 사람은 되고 싶지 않다고 생각했다. 그래서 고향 콩코드 근처의 호숫가에 작은 통나무집을 짓고 그해 독립기념일인 7월 4일, 그 집으로 들어갔다. 그후 이 년이 넘도록 그는 생존을 위해 필요한 최소한의 것 외에는 물건을 사지도 쓰지도 않는 실험적인 삶을 살았다. 그 시절의 일기를 간추려 펴낸 책이 바로 『월든』이다.

『월든』을 펴낼 때의 일은 1854년 8월 10일 목요일의 일기에 남아 있다.

> 어제 보스턴으로 갔다. 『월든』이 출간되었다. 딱총나무에 물과일이 맺혔다.

『월든』 같은 명저를 펴낸 날도 딱총나무에 물과일이 맺힌 날로 기억할 수 있다는 게 소로가 가진 크나큰 힘이다. 소로는 삶의 근원적인 것만 접하기 위해 물질적인 소유를 줄여야 한다고 일기에 썼다. 나의 소유를 줄일수록 자연은 점점 늘어난다. 통나무집이 작아질수록 집 밖의 공간은 그만큼 불어나듯이.

무소유란 어떤 의미에서는 자연을 다 가진다는 뜻이기도 하다.

그의 일기에는 온통 자연에 대한 이야기뿐이다.

“올해는 관찰의 해다”라고 1852년 7월 2일의 일기에 써놓기도 했거니와, 그는 어미새가 새끼를 돌보듯 주변의 나무와 동물과 노을과 호수를 살펴보고 또 살펴본다. 돌보는 사람의 눈앞에는 너무나 많은 것들이 펼쳐진다.

무일푼이었지만 그는 상상할 수 없을 정도로 많은 자연을 가지고 있었다. 욕망에 대답하는 사람이 아니라 삶을 돌보는 사람이 되면서 세상 사람들이 가난이라고 말하는 것이 그에게는 풍요로운 삶이 됐다.

너무나 많은 호수와 너무나 많은 노동. 너무나 많은 고독과 너무나 많은 책과 너무나 많은 일기와 너무나 많은 침묵. 너무나 많은 들쥐과 너무나 많은 도요새와 너무나 많은 개미떼. 너무나 많은 추위와 얼음과 눈.

너무나 끝없이 펼쳐지는 허공.

너무나 경이로운 세계.

자신이 알지 못하는 일들이 끊임없이 일어나는 곳이 바로 이 세계라는 사실을 인정하면 엄마가 아이를 바라보듯 자연을 구석구석 살펴보고 돌볼 수밖에 없다. 돌보는 사람에게 이 세계는 딱총나무에 물과일이 맺히는 것과 같은 놀라움으로 가득한 곳이다. 이 세계가 그런 곳이라면, 나를 잃어버리는 일이 모든 것을 잃어버리는 일과 같을 수는 없었다.

돌이켜보면 중국 우한의 한 시장에서 정체불명의 폐렴 환자들이 속출한다는 뉴스가 전해졌을 때만 해도 나와는 무관한 일이라고 생각했다. 그로부터 한 달도 지나지 않아 내 삶에 이토록 큰 영향을 끼치게 될 줄은 전혀 몰랐다. 그리고 일어난 그 모든 일들의 의미를 나의 지혜로는 이해할 방법이 없었다. 나는 상실의 깊은 강 앞에서 어찌할 바를 몰랐다.

그럼에도 소로가 먼저 있어 그 강물 속으로 걸어가도 괜찮다는 사실을 조금씩 깨달아가고 있었다.

1854년 2월 19일, 소로의 일기는 다음과 같다.

> 지금 이 시기는 여름철에는 걷기 어려운 늪지, 강, 호수를 걸어야 할 때다.

얼어붙은 늪지와 강과 호수를 보며 그는 우울해할 것이 아니라 그 위를 걸어야 할 때라고 말했다. 어떻게 하면 그 위를 걸을 수 있을까? 또 다른 추운 날인 1853년 1월 3일에 쓴 일기에 그 해답이 나온다.

> 나는 자연 속에서 온전히 기쁨을 누릴 수 있다. 세상이 온통 인간의 것으로 차 있다면 나는 기지개를 켜지 못했을 것이고, 온갖 희망을 잃어버리고 말았을 것이다. 나에게 인간은 제약인 반면, 자연은 자유다. 인간은 나로 하여금 또 다른 세계를 꿈꾸게 하나, 자연은 나를 이 세상에 만족하게 한다.

호수공원에는 예년과 다름없이 벚꽃이 피었다. 벚꽃 아래로 사람들이 모여들었다. 그들은 마스크를 낀 채 사진을 찍었다. 나는 돌다리 위에서 잉어들이 헤엄치는 모습을 한참 지켜봤다. 얼어붙은 늪지와 강과 호수를 건너 소로는 죽는 순간에야 알 수 있는 것들을 알게 됐을까? 그렇다면 무엇을 알게 됐을까? 잉어들이 몸을 뒤척이자, 대답처럼 붉고 하얀 빛들이 물 위로 번뜩였다. 세상에는 너무나 많은 대답들이 있었다.

그 빛들을 묵묵히 바라보고 서 있다 어둑해진 뒤에야 나는 호수에서 돌아왔다.

소로가 먼저 있어……

홀로 있는 훗훗한 밤에 나는 그 문장을 떠올렸다. 그리고 비로소 소설 쓰는 게 두렵지 않게 됐다.

6

소설을 쓰던 어느 여름밤이었다. 새벽 세시, 문득 호수공원에 수련이 피었는지 궁금했다. 한번 궁금증이 생기니 가만히 앉아 있을 수가 없었다. 나는 책상 앞에서 일어나 깊은 밤의 호수공원으로 수련을 보러 갔다.

그 시간이면 사람들이 없으리라 생각했지만, 가로등이 꺼진 어두운 산책로를 따라 걷는 사람들이 있었다. 새벽 세시에 호수공원을 걷는 사람들이라면 저마다 사연이 있을 것이다. 그 사연 하나하나를 물어보고 싶은 건 소설가의 본능이다. 그러나 그들의 심야 산책을 방해할 수는 없는 일이니 스스로에게나 왜 이 시간에 이 길을 걷고 있는지 물어볼 수밖에.

마감은 코앞이고 원고는 진퇴양난의 수렁에 빠졌는데 잠조차 오지 않을 때, 나는 밖으로 나가 걷는다. 그럴 때 걷는 일은 큰 도움이 된다. 걷는 동안에는 적어도 걸어가고는 있으니까. 책상 앞에 앉아 아무것도 하지 못하는 것보다는 걷는 게 나으니까.

걸어가면서 나는 온갖 질문을 던진다.

소설가가 아니라 다른 일을 했으면 어땠을까?

과연 이 소설을 끝까지 쓸 수 있을까?

주인공은 왜 거기서 그런 행동을 한 것일까?

그 사람은 왜 그랬을까?

나는 왜 그래야만 했던 것일까?

수련이 피었는지 보러 가야겠다고 마음먹은 밤도 그랬다. 연재소설의 마지막 부분에 이르렀는데, 이야기는 끝나지 않고 있었다. 장편소설은 시작할 때보다 끝낼 때가 훨씬 더 어렵다. 이야기를 끝내는 것은 젠가의 맨 아래쪽 막대기를 빼내는 것과 같다. 지금까지 쌓아온 것들을 무너뜨리지 않고 이야기를 끝내야 하지만 그것은 불가능했다. 내가 원하는 결말을 쓰면 지금까지의 모든 것이 허물어질 게 분명하다. 그렇게 나는 어떤 말도 대답이 될 수 없는 곳에 이르게 되고, 이윽고 묵묵해진다. 나의 지혜로는 해결할 수 없는 곳에 이르렀기에 나는 다소곳해진다. 그럴 때 나는 걷는다.

7

답을 찾을 수 없는 질문 앞에서 생각은 제멋대로 오간다. 스스로 맥박치며 움직이는 혈관이나 내장과 같아 어떤 생각은 내 의도와 무관하게 저절로 생겨났다가 저절로 사라진다. 이제는 그 사실을 잘 알게 됐지만, 어릴 때만 해도 나는 내 안에서 스스로 생겨나는 생각이 두려웠다. 내가 그 생각의 주인이라고 믿었기 때문에 그런 생각을 할 수 있다는 것 자체에, 그리고 그런 생각이 영영 사라지지 않을까봐, 또 그 생각들이 현실이 될까봐.

그런 생각 중 하나가 바로 엄마가 죽는 일이었다. 어느 날 갑자기 엄마가 죽는다면 어떻게 될까 하는 생각. 도대체 그런 생각들은 어디에서 오는 것인지. 그럴 때면 엄마가 없는 세상을 상상했다는 것만으로도 죄책감이 들었다.

생각과 마찬가지로, 엄마가 죽을 수 있다는 연락도 제멋대로 찾아온다. 느닷없이 떠오르는 나의 생각처럼 세상에는 이해할 수 없어 어떤 대답도 할 수 없는 일들이 수시로 일어난다. 이건 누구의 생각일까? 세상은 생각들로 가득 차 있다.

세상이 잠잠해질 때까지 나는 걸어야만 한다.

8

달리기가 좋은 것은 몸을 가꾸듯 마음도 가꾸는 느낌이 들기 때문이다. 체력 단련이나 건강을 '피트니스fitness'라고 부르는 데서 알 수 있듯 몸이 말 그대로 내 것처럼 착 달라붙을 때가 있다. 물론 건강할 때다. 그럴 때는 팔다리를 내 마음대로 쓸 수 있어 너무나 신난다. 힘든 훈련을 참고 견디며 달리기를 계속하다보면 어느 순간 마음 역시 내 마음대로 쓰는 듯한 기분이 든다. 그럴 때 나는 달리고 싶을 때 달리고, 달리고 싶지 않을 때 달리지 않을 수 있는 사람이 된다. 보통 마음은 그 반대로 움직이려 하지만 훈련된 마음은 잘 따라온다.

그러나 여기까지 가려면 부단히 애를 써야 하고, 애를 쓸수록 지금의 몸과 마음이 싫어진다. 처음부터 건강한 몸과 마음으로 태어났다면 얼마나 좋을까? 참고 견디며 훈련하면 머지않아 그런 몸과 마음을 가지겠지만, 조금만 방심하면 또 예전으로 돌아간다.

반면, 걷기는 전혀 애쓰지 않아도 된다. 걷지 못할 만큼 몸과 마음이 힘들 때도 있지만, 대개는 어렵지 않게 걸을 수 있다. 별 노력 없이, 수월하게. 그럴 때 걷기는 사랑과 닮아 있다. 애쓰거나 노력하지 않아도 술술 할 수 있는 일이라는 점에서.

사랑은 지금의 내 마음과 몸으로 하는 일이지, 과거나 미래의 몸과 마음으로 하는 일이 아니다. 사랑하는 사람은 언제나 지금의 몸과 마음을 긍정할 수밖에 없다. 어쩌면 게으를 수도 있는, 지금의 몸과 마음으로도 수월하게 할 수 있는 게 아니라면 어찌 사랑이라고 말할 수 있을까.

호수공원을 달릴 때는 몰랐는데 이제는 걷는 것도 참 좋다는 것을 알게 되었다.

9

어두운 산책로를 따라 걸어가 새벽 세시의 수련 앞에 섰다. 그때까지도 질문은 사라지지 않았다. 다만 달빛 아래 둥근 잎들 위로 수련의 봉우리들이 보였다. 불과 백여 미터만 나가면 도시의 불빛이 있었지만, 거기에는 고즈넉하고 묵묵한 아름다움뿐이었다.

수련은 피었을까? 질문이 나를 거기까지 데려갔고, 그 풍경을 보는 순간 질문은 사라졌다.

우리는 저절로 아름답다. 뭔가 쓰려고 펜을 들었다가 그대로 멈추고, 어떤 생각이 떠오르든 그냥 흘러가는 대로 내버려둔 채, 다만 우리 앞에 펼쳐지는 세계를 바라볼 때, 지금 이 순간은 완벽하다.

이게 우리에게 단 하나뿐인 세계라는 게 믿어지는가? 이것은 완벽한, 단 하나의 세계다.

이런 세계 속에서는 우리 역시 저절로 아름다워진다. 생각의 쓸모는 점점 줄어들고, 심장의 박동은 낱낱이 느껴지고, 오직 모를 뿐인데도 아무것도 잘못된 것이 없다는 사실이 분명해진다.

10

대학 시절 내겐 질문이 너무나 많았다. 친구들과 길을 걷다가도 어떤 질문이 밑도 끝도 없이 떠올랐고, 그러면 나는 그 자리에 서서 그 질문들을 공책에 받아적었다. 그럴 때면 앞서가던 친구들이 빨리 오라며 손짓하곤 했다.

받아적은 질문들은 시간이 지나면서 자리를 잡는다. 그대로 사라지는 질문도 있지만, 끈질기게 되살아나는 질문도 있다. 되살아나는 질문들은 마중물처럼 어떤 문장들을 끌어온다. 나의 것인지, 타인의 것인지 불분명한 문장들을. 내 안에 있던 이미지와 단어와 소리 들을. 그것은 내 안에서도 오고, 나와 연결

된 수많은 사람들과, 이 세계 모든 곳에서도 온다. 그것들은 내 안에서 서로 부딪히며 새로운 이미지와 단어와 소리를 만들어 낸다.

그렇게 나는 많은 이야기들을 만들었다. 오랫동안 나는 소설을 쓰는 사람이 나 자신이라고 생각했다. 그렇기에 어떤 질문에도 답할 수 있는 사람이 되어야 한다고 생각했다. 답을 알지 못하면서도 마치 아는 것처럼 군 적도 많았고, 답을 알아내기 위해 갖은 노력을 다해야 한다고 학생들에게 말한 적도 있었다.

그러나 처음 글을 쓰기 시작했을 때, 내게 글은 그런 게 아니었다. 글은 내가 쓰는 게 아니라 저절로 쓰여지는 것 같았다. 글을 쓰기 위해 애쓰거나 노력할 필요가 없었다. 나는 궁금했을 뿐이다. 어떤 일이 일어나는지 지켜봤을 뿐이다. 그러자 새로운 페이지가 펼쳐지고 문장들이 이어졌다. 질문에 대한 답은 듣지 못했지만, 그후에 새롭게 펼쳐지는 세계는 목격할 수 있었다.

이 놀라운 것들은 다 무엇인가?

답을 제시하는 사람의 자리에서 내려와 지켜보고 돌보는 사람이 될 때 모든 질문은 감탄으로 바뀐다.

이 놀라운 것들은 다 무엇인가!

질문을 하는 것도 나의 마음, 감탄을 하는 것도 나의 마음이다. 나의 마음에 따라 너무나 많은 삶이 입을 다물었다가 또 활짝 펼쳐지는 것이다.

II

그리고 2020년 2월의 어느 날, 고향에 있는 형에게서 전화가 왔다.

"엄마가 오늘 밤을 넘기기 어려울 거라고 그러네. 어서 내려와."

그날 밤, 엄마를 만나러 가는 병원 엘리베이터 안에서, 나는 그 어떤 이야기도 답이 될 수 없는 곳에 지금 내가 와 있다는 것을 알게 됐다.

소로는 종교란 대답하지 않는 것이라고 쓴 적이 있다. 그날 밤, 내게는 종교가 필요했다. 놀라고 감탄할 뿐, 어떤 대답도 주지 않을, 그런 종교가.

12

"단순한 질문을 던지고 싶습니다. 애초에 '살아간다'란 무엇일까요?"

그럼에도 삶이 계속 이어지던 2020년 4월 초, 나는 그런 질문이 적힌 편지를 읽었다. 편지를 쓴 사람은 일본의 철학자 미야노 마키코. 수신인은 그와 비슷한 연배의 인류학자 이소노 마호. 두 사람은 2019년 봄부터 여름이 시작될 무렵까지 스무 통의 편지를 주고받았다.

미야노의 단순한 질문은 열여덟번째 편지, 그러니까 서신 교류가 끝날 즈음에 나온다. 그때까지 두 사람이 주고받은 편지를 쭉 따라 읽으면, 그러나 어쩐지 이미 그 대답을 들은 듯한 기분이 든다.

미야노는 오랫동안 유방암을 앓고 있었다. 그는 2018년 가을, '갑자기 병세가 악화될지도 모른다'는 진단을 받았다. 그 순간부터 그의 삶은 한 치 앞도 내다볼 수 없게 된다. 이에 미야노는 죽음을 앞둔 불확실한 삶에 맞서기 위해 글을 쓰기 시작했다. 그것이 바로 이 편지들이다.

그런데 그가 이 절박한 편지의 수신인으로 평생의 지인이 아니라 그즈음 한 모임에서 우연히 알게 된 이소노를 택한 건 의외의 일이었다. "이소노 씨는 영문도 모른 채 갑자기 병세가 악화될지도 모르는 제 상황의 한복판에 휘말리고 말았습니다"라고 미야노는 한 편지에 썼다.

왜 편지였을까?

그리고 왜 잘 모르는 사람에게 보내야 했을까?

어쩌면 미야노에게는 편지를 써서 보내는 행위 자체가 질문이 아니었을까? 그래서 내용이 어떻든 답장이 온다면 그것으로 이미 가장 훌륭한 대답일 거라 생각한 게 아닐까? 잘 모르는 사람에게 절박한 편지를 보내려면 용기가 필요할 것이다. 그 안에 적힌 내용이 어떻든 미야노는 용기를 내어 편지라는 질문을 던졌고, 이에 이소노 역시 용기를 내어 답장이라는 대답을 보냈다. 이소노에게서 온 답신을 우편함에서 발견했을 때, 미야노는 이미 대답을 들은 것이리라.

13

다발성 전이로 재발된 암 환자의 불안과 이에 대한 위로가 전부인 듯한 편지들은 어느 순간부터 '우연'이라는 문제에 집중한다. 인류학의 관점에서 불운과 불행의 차이를 얘기하는 이소노의 편지를 받고 미야노는 자문자답한다.

> 나는 불행한가?
> 불운하지만 불행하지는 않다.

불운과 불행의 차이는 무엇일까? 불운은 불가항력적으로 일어난다. 먼 훗날이 아니라 지금, 다른 사람이 아니라 미야노가 병에 걸리게 된 건 불운이다. 하지만 그 이유를 운명이나 팔자 같은 자기 바깥의 이야기에서 찾으면 불행이 된다. 그래서 불운은 점, 불행은 선이라고 이소노는 말한다. 불운은 우연히 찾아오는 것이라 인생의 어느 지점에 위치시키느냐에 따라 불행으로도, 재밌는 에피소드로도, 대수롭지 않은 일로도 여길 수 있다는 것이다.

미야노는 철학자로서 엄청난 일을 감행한다. 암이라는 최악의 불운 앞에서 암 환자라는 불행의 스토리에 빠지지 않기로 한 것이다. 그는 불운을 어떤 형태로든 자신의 인생이라는 한 줄기 선에 녹여내기로 한다.

'살아간다'는 건 우연을 내 인생의 이야기 속으로 녹여내는 일일지도 모르겠다. 그러자면 우연이란 '나'가 있기에 일어난다는 사실을 깊이 받아들여야 한다. '나는 누구인가?'라는 물음에 어떻게 대답하느냐에 따라 행운과 불운이 그 모습을 달리하는 게 인간의 우연한 삶이다. 결국 우리에게는 삶에서 일어나는 온갖 우연한 일들을 내 인생으로 끌어들여 녹여낼 수 있느냐, 그러지 못하고 안이하게 외부의 스토리에 내 인생을 내어주고 마느냐의 선택이 있을 뿐이다.

우연을 '나'의 인생으로 녹여낼 수 있는 사람은 모든 우연에서 새로운 시작을 발견한다. 미야노가 모임에서 한 번 만났을 뿐인 이소노에게 편지를 보낼 수 있었던 것은 이런 태도에서 비롯한다. 자신이 누구인지 아는 사람은 언제라도 자신의 삶을 새롭게 시작할 수 있다. 설사 죽음의 선고를 받았다고 하더라도 말이다.

14

죽음의 선고에서 시작된 미야노와 이소노의 편지는 다음과 같은 이소노의 글로 끝난다.

> 여덟 차례 편지를 주고받은 후, 미야노와 저는 참으로 많은 약속을 했습니다.
>
> "기대된다. 두근거려. 앞으로가."
> "그러게. 두근거린다는 말이 딱 맞네."
> "자, 이기러 가자."
> "무조건 이기는 거야. 무슨 일이 있어도."
>
> "좋은 여름이 될 거야."
> "최고의 여름이 될 거야."

이들이 말하는 좋은 여름, 최고의 여름은 미야노가 죽고 난 뒤의 여름이다. 누군가 죽고 난 뒤의 여름. 그렇게 되뇌고 나니 머리를 쇠망치로 두들겨맞은 듯한 기분이었다. 죽어가는 사람은 늘 있을 테니 지금까지 내가 살아온 여름은 모두 누군가 죽고 난 뒤의 여름이었다. 그리고 그중에는 분명 좋은 여름, 최고의 여름이 있었다. 좋은 여름은 누군가 죽고 난 뒤의 여름, 누군가 죽고 난 뒤의 여름은 최고의 여름…… 나의 마음에 따라 이름은 그때그때 달라지지만, 여름은 언제나 하나뿐이다. 하나뿐인 여름이 해마다 시작된다. 그 여름을 어떤 이름으로 부르느냐는 나의 마음에 달린 문제다.

미야노의 마지막 편지는 이렇게 끝이 난다.

> 얼마나 멋진 일인가요. 운명을 살아간다는 것은 세계를 향해 뛰어드는 것입니다. 뛰어드는 순간 우리는 이 세계가 온갖 우연이라는 만남에서 '나'를 발견해내어 새로운 '시작'이 태어나는 곳이라는 사실을 알 수 있습니다.
> 어쩜 이 세계란 이토록 경이로울까. 저는 '시작'을 앞에 두고 사랑스러움을 느낍니다. 우연과 운명을 통해서 타자와 함께하는 시작으로 가득한 세계를 사랑합니다. 이것이 지금 제가 도달한 결론입니다.

15

다음은 아우구스티누스가 우리에게 남긴 지침이다.

사랑하라. 그리고 그대가 좋아하는 것을 하라.

그는 제대로 사랑하는 방법에 대해서도 설명했다.

제일 먼저 이기적인 마음을 버린다. 자기 이익부터 챙기려는 탐욕의 마음에서도, 나만 손해본다는 두려움의 마음에서도 벗어난다. 그다음으로 겸손해야 한다. 남을 깎아내리면서 자신을 치켜세우려는 욕망에도 답하지 않는다.

자신의 욕망에 답하려는 마음에서 벗어나 아이를 돌보는 엄마처럼 삶의 주인이 되어 지켜보는 마음을 얻는다. 그러면 저절로 내면에 고요함이 찾아온다. 좋아하는 것에 대한 갈망도, 싫어하는 것에 대한 혐오도 없는 이 고요한 마음으로 매 순간 풍요롭게 펼쳐지는 너무나 많은 삶을 받아들이게 된다. 이 상태가 미야노가 말한, 우연한 만남이 끊임없이 일어나는 세계 속으로 뛰어든 상태일 것이다. '사랑한다'라는 동사는 매 순간 새롭게 펼쳐지는 세계와 대면한 사람의 역동적 순응을 뜻한다.

자기 앞의, 어쩌면 우연으로 가득한 삶을 기꺼이 받아들임, 그러므로 이 세계 안에서 타자와 함께 매 순간 새롭게 시작하기.

사랑이란 지금 여기에서 새롭게 시작하겠다는 결심이다. 그게 우리가 진정으로 좋아하는 일이다. 사랑하기로 결심하면 그다음의 일들은 저절로 일어난다. 사랑을 통해 나의 세계는 저절로 확장되고 펼쳐진다.

그러니 좋아하는 것을 더 좋아하길. 기뻐하는 것을 더 기뻐하고, 사랑하는 것을 더 사랑하길. 그러기로 결심하고 또 결심하길.

그리하여 더욱더 먼 미래까지 나아가길.

16

내가 태어나서 자란 동네의 이름은 평화동이다. 광복이 되면서 대화정이라는 일본식 지명을 평화동으로 바꿨다고 한다. 아마도 새로운 시대를 맞이해 평화를 바라는 소망으로 바꾼 것이리라. 덕분에 어린 시절부터 나는 평화라는 말을 수없이 말하며 살았다. 그리고 지금은 평화라고 말할 때마다 오래전 우리가족이 살던 옛 동네를 떠올린다.

평화동을 더욱 평화동으로 만든 건 성당이었다. 김천역에서 3번 국도를 건너면 남산동으로 이어지는 고갯길이 시작되는데, 그 길의 오른쪽 언덕에 평화동 성당이 있었다. 어렸을 때의 기억은 내게 감각적으로만 남아 있다. 예컨대 밤이 돼 옛집 미닫이문을 열고 나가면 머리 위에는 꼬마전구처럼 반짝이는 북두칠성과 우유를 엎지른 듯한 은하수가 펼쳐져 내가 거대한 우주의 한 귀퉁이에서 살고 있음을 바로 느낄 수 있었다. 그런 감각적 기억 중 하나가 바로 평화동 성당의 종소리였다.

계절마다 시차는 있었지만, 대개 골목길로 어스름이 깔릴 즈음이면 성당의 종소리가 둥글게 울려퍼졌다. 공감각적 표현이라는 말은 학생이 된 뒤에야 배웠지만, 그게 무슨 뜻인지는 매일 둥근 종소리를 들을 때 이미 알고 있었다. 평화에 대해 논하라는 논술 문제가 나온다면, 아마도 나는 답안지에 이렇게 쓸 것이다. 그건 하루 종일 실컷 놀다가 허기지고 지친 몸으로 저녁을 먹기 위해 집으로 돌아가는 길에 듣는, 멀고도 둥근 종소리, 라고. 그렇게 종소리를 듣고 들어가면 엄마가 차린 저녁밥이 있었다. 내겐 그게 집이었다.

17

언젠가 엄마에게 내가 태어났을 때 어땠는지 물어본 적이 있었다. 원하지 않았는데 내가 불쑥 들어섰다고 말해 엄마는 나를 실망시켰다. 나를 가졌을 때 엄마는 서른다섯 살이었다. 그때 엄마가 얼마나 젊었는지 나는 그 나이가 되어서야 알게 되었다.

그렇게 묻던 즈음의 내가 엄마와 대구 달성공원에서 찍은 사진이 가족앨범에 있었다. 김천의 제과점 업주들은 종종 친목차원에서 가족들과 함께 경북의 여러 관광지를 놀러 다니곤 했다. 봄이 한창이거나 초여름이었을 것이다. 나는 사춘기에 접어들 때까지 그 사진들을 보고 또 봤기 때문에 그때의 느낌을 기억하고 있었다. 나와 처지가 비슷한 제과점 집 아이들의 틈바구니에서 나는 많이 울었다. 바닥을 기어가며 울었던 기억도 난다. 이유는 알지 못했다. 어쨌든 아이들만 따로 모아 찍은 사진 속에서 나는 울고 있었다. 그래서 그다음 사진을 찍었나보다.

그다음 사진에는 너무나 젊은 엄마가 풍선을 든 나를 안고 서 있었다. 엄마에게 나는 베개만했다. 엄마는 짧은 단발머리에 원피스를 입고 있었고 베레모를 쓴 나는 하얀색 타이츠에 노란색 멜빵바지를 입고 있었다. 그제야 나는 안심했다. 울었고, 엄마에게 안겼고, 안심했다. 그 시절 달성공원에는 동물원이 있었고, 공작과 사슴과 침팬지와 앵무새와 곰이 있었고, 키다리 아저씨 류기성씨가 있었다는데 내가 기억하는 것은 그것뿐이다.

울었고, 엄마에게 안겼고, 안심했다.

문득 그때 왜 울었는지 이유를 알 것 같다. 누군가 아이들만 따로 단체 사진을 찍어주자고 한 모양이었다. 나보다 나이가 많고 어른들 말을 잘 알아듣는 아이들이 잔디밭 가장자리에 줄지어 앉아 어깨동무를 해가며 포즈를 잡는 동안, 나는 그들의 앞쪽 보도에 따로 떨어져나와 울고 있었다. 왜 거기에 낯선 아이들과 모여 있어야 하는지, 무엇보다 왜 엄마와 떨어져야 하는지 나는 결코 이해하지 못했을 것이다. 그래서 아무리 해도 달래지지 않았을 것이다.

막내로 태어난 나는 식구들의 틈바구니에서 부대끼는 것을 좋아했지만, 차츰 혼자만의 시간을 보내는 일에도 익숙해져야 했다. 아버지가 출근하고 형과 누나가 학교에 가고 나면, 집에는 엄마와 내가 남았다. 설거지를 마친 엄마는 청소를 시작했다. 바닥에 있는 물건들을 모두 치운 뒤, 엄마는 가구와 창의 먼지를 털고 방을 닦았다. 엄마가 걸레질을 시작하면 나는 그 등에 올라탔다. 엄마는 귀찮다는 내색도 하지 않았다. 내 몸무게가 전혀 느껴지지 않는 사람처럼 엄마는 수월하게 걸레질을 했다. 나는 엄마를 안고 매달렸다. 걸레질이 끝나면 엄마가 가게로 나간다는 걸 알고 있었으니까. 엄마와 떨어져 사는 일에 익숙해져야 할 테지만, 그때는 어쩔 수 없었다. 나는 엄마에게 껌딱지처럼 붙어 있을 수밖에 없었다.

엄마가 제과점 문을 열기 위해 나가면 집에는 나 혼자 남았다. 엄마가 닦은 장판은 유리처럼 매끄러웠는데, 그 장판으로 햇빛이 비쳐드는 때가 있었다. 바로 그때 생겨나는 마음이 있었다. 창을 통과한 빛은 영화관 영사기의 불빛처럼 장판까지 길게 이어졌다. 그 빛줄기 안에는 수없이 많은 것들이 떠다녔다. 먼지들은 스스로 빛을 내는 것처럼 반짝였다. 나는 먼지들을 잡기 위해 손을 뻗기도 하고, 그 속으로 들어가 빛을 바라보기도 했다. 그럴 때면 저절로 눈이 감겼다. 머리를 움직이다보면, 어디에 태양이 있는지 느껴졌다. 눈꺼풀 위로 그 환한 느낌이 그대로 전해졌다. 눈을 떴다가 다시 감으면 빛의 잔상이 눈꺼풀 안으로 들어왔다.

눈을 감으면 나타나는 무한한 어둠 속에서 그 잔상은 이리저리 움직였고, 나는 그 잔상을 따라갔다. 그걸 '유령 이미지Ghost Image'라고 부른다는 건 나중에야 알게 됐다. 나라면 더 근사한 이름을 붙였을 것이다. 그 빛의 잔상을 따라갈 때마다 내겐 이루 말할 수 없이 평화로운 마음이 생겼으니까. 잔상을 따라 생겨난 그 마음은 잔상이 사라지면 따라 없어졌다. 그래서 나는 그 빛이 사라지지 않도록 몇십 분이라도 들여다볼 수 있는 방법을 찾아냈고, 나중에는 빛을 보지 않고도 그 잔상을 만드는 법을 알게 됐다. 그래서 잠들기 전이면 으레 눈을 감고 그 잔상을 바라보곤 했다. 덕분에 나는 늘 평화롭게 잠이 들었다.

18

열무는 여름에 태어났다. 휴가철이었다. 산부인과 대기실에서 〈여섯시 내 고향〉이라는 프로그램을 보고 있는데 아이가 태어났다며 간호사가 나를 불렀다. 지금까지 어디에도 없던 아이를 만나게 된다니, 가슴이 두근거렸다.

간호사가 아이를 안고 나왔다. 안아보라고 하는데 나는 어찌

할 바를 몰랐다. 시키는 대로 왼팔로 아이를 안았다. 손바닥으로 머리를 감싸면 팔뚝 위에 올려놓을 수 있을 정도로 작았다. 신기해서 바라보는데 갑자기 아이가 한쪽 눈을 떴다.

나도 모르게 인사말이 나왔다.

"반가워. 내가 네 아빠야!"

어디서 이 아이가 왔는지는 모르겠지만 아무래도 아주 먼 곳에서, 그것도 아주 힘들게 온 것 같아서, 그리고 지금 여기는 처음이라 무서워할 것 같아서, 최대한 밝게 인사했다.

지금 여기가 아주 좋은 곳이랄 수는 없지만, 아주 나쁜 곳도 아니니까.

내가 마음에 들까, 어떨까?

그렇게 심장이 두근두근.

나를 처음 봤을 때, 엄마는 어땠을까? 내가 마음에 들었을까?

아이는 경이로웠다. 내가 책임져야 하는 삶이 거기 있었다. 한번 대답하고 끝내는 게 아니라 영원히 지켜보고 돌봐야 하는 삶. 선물처럼 받았으니 나 역시 주고 주고 또 주기만 해야 할 삶이 거기 있었다. 엄마에게도 나는 그런 삶이었을까?

19

젊은 엄마에 대한 또 다른 기억이 있다. 장소는 벚꽃이 만개한 추풍령휴게소였다. 당시 추풍령휴게소는 단순히 고속도로 휴게소가 아니라 김천 사람들이 철마다 찾아가는 유원지였다. 우리는 눈부시게 환한 벚꽃 그늘 아래에 앉아 있었을 것이다. 거기 나무 아래 풀밭을 나는 유심히 살펴보고 있었다. 거기에는 클로버들이 자라고 있었는데, 그중에서 네잎클로버를 발견하면 나한테 행운이 찾아온다고 엄마가 말했기 때문이었다. 클로버는 너무나 많았고, 바람이 불면 일제히 흔들렸다. 내 눈에는 네 잎짜리가 전혀 보이지 않았다.

바로 그때, 엄마가 말했다.

"여기 있네."

나는 엄마를, 그리고 엄마가 막 찾은 클로버를 바라봤다. 정말 네 잎이었다. 다시 클로버들을 손으로 더듬어가며 네 잎짜리를 찾았지만 보이지 않았다. 그러면 엄마는 내게 힌트를 줬다. 거기 앞에 있다거나 막 손을 스쳤다거나. 하지만 아무리 자세히 살펴봐도 내 눈에는 안 보이는데, 엄마가 손을 뻗어 뽑아내면 네잎클로버였다. 그때마다 나는 엄마의 얼굴을 바라봤는데, 네잎클로버를 뽑을 때마다 엄마의 얼굴이 달라졌다. 물론 내 마음이 달라져서 그랬겠지만, 엄마가 정말 멋진 사람인 것처럼 보였다. 어떻게 네잎클로버를 그렇게 잘 찾아낼까. 내 기억을 통틀어 그날의 엄마가 제일 뽐내는 엄마였다. 미신대로라면 행운으로 가득했어야 할 사람.

하지만 그날 찾은 네잎클로버는 모두 내 몫이었다. 엄마에게 받은 네잎클로버들을 화단에 가지런히 놓고 보니 마치 내가 찾은 것인 양 뿌듯했다.

20

프랑스의 소설가 파스칼 키냐르는 이런 문장을 썼다.

> 다음 여덟 가지가 사랑의 결과다. 사랑은 심장을 빨리 뛰게 하고, 고통을 진정시키고, 죽음을 떼어놓고,

> 사랑과 관련되지 않은 관계들을 해체시키고, 낮을 증가시키고, 밤을 단축시키며, 영혼을 대담하게 만들고, 태양을 빛나게 한다.

나는 아우구스티누스가 우리에게 남긴 지침을 한 번 더 읽었다.

> 사랑하라. 그리고 그대가 좋아하는 것을 하라.

21

아직은 열무가 아이였을 무렵, 우리는 저녁을 먹고 나면 동네를 산책하곤 했다. 건강상의 이유로 시작한 산책이었으나 며칠 지나지 않아 이유 따위는 다 잊어버렸다. 산책은 그 자체로 좋았다.

고양시 정발산 바로 옆 동네에서 살 때였다. 우리는 작고 하얀 개를 기르고 있었다. 이름은 딸기였다.

딸기는 산책하기 위해 태어난 강아지였다.

'산책'이라는 말만 들어도 신나서 현관문 쪽으로 달려갔다.

단독주택들 사이로 난, 정발산동의 골목길이 우리의 산책로였다. 그 길로는 다니는 사람도, 자동차도 거의 없었다. 그럼에도 어둡거나 무섭지는 않았다. 가로등도 있었고, 집집마다 불도 밝았다. 밤하늘 아래 낮은 지붕들 사이로는 길이 많았다. 그 골목을 모두 걸어보자는 게 우리 계획이었다. 오늘은 동네를 앞뒤로, 내일은 좌우로, 그다음 날에는 앞뒤로 갔다가 좌우로…… 매일 저녁 길을 바꿔가며 걸을 수 있었다. 정발산동은 작았지만, 산책로는 무수히 많았다.

집을 나서자마자 딸기는 앞장서 달렸다. 보이는 나무 등걸마다 쉬를 하기 위해서였다.

정발산동 단독주택의 개들은 멀리서부터 우리가 걸어온다는 것을 알아차렸다. 골목에 들어서면 개들의 기척이 느껴졌다. 짖는 소리만 들어도 그 덩치가 보이는 듯했다.

딸기는 수박보다 작은 개였다. 하지만 지지 않고 마주 짖었다.

그 개들이 대문 안쪽에 묶여 있다는 사실을 잘 알고 있는 것 같았다.

걷는 동안, 열무는 내게 이야기를 해달라고 졸랐다. 나는 매일 이야기를 만들어야 했다. 궁여지책으로 열무에게 사준 인형들을 주인공으로 이야기를 만들었다.

시작은 갈색 곰 한 마리였다.

"곰돌이가 어떻게 갈색 곰이 됐는지 알아?"

"왜? 어째서? 얘기해줘."

"그게 말이지, 원래 곰돌이는 태어날 때는 하얀 곰이었어. 그런데 하루는 다림질을 하다가 전화벨 소리를 들었는데 자기가 다림질하고 있다는 사실을 깜빡 잊어버리고 다리미로 전화를 받은 거야. 여보세요? 하지만 전화벨은 계속 울렸고 곰돌이 얼굴은 갈색으로 타버렸지."

"불쌍한 곰돌이…… 다리미라는 걸 까먹다니."

"곰돌이는 잘 까먹는 곰일 뿐이야. 불쌍해하지 않아도 돼. 오히려 잘됐다고 곰돌이는 생각했어. 기왕 이렇게 된 거 말이지, 온몸을 다 다림질해서 갈색 곰이 되는 거야. 난 항상 갈색 곰이 되고 싶었어."

온몸을 다림질한다는 상상에 낯을 찌푸리면서도 열무는 말했다.

"그러면 잘됐네."

곰돌이가 갈색 곰이 된 사연에서 시작된 이야기는 곰돌이에게 쌍둥이 동생이 생기면서 복잡해졌다. 처음에는 이야기를 억지로 만들었지만, 곧 그럴 필요가 없어졌다. "드디어 여름방학이다!"라고 누군가 외치면, 곰들의 여름방학에 대한 이야기가 저절로 흘러나왔다. 이야기는 꼬리에 꼬리를 물고 이어졌다.

2009년 여름이 끝날 즈음부터 시작된 우리의 산책은 그 이듬해 여름을 지나 그후의 여름까지 계속됐다. 그러는 동안, 세 형제 곰인 윤곰돌, 딸랑이, 떨룽이의 이야기는 계속됐다.

22

이윽고 엘리베이터가 멈추고 문이 열렸다.

왜 지금 나는 여기에 있는가?

그동안 그 병원의 엘리베이터를 타고 엄마의 임종을 지키러 가리라고 예상한 적은 한 번도 없었다. 그때까지 그 병원은 우리 삶에서 존재하지 않는 곳이었다. '그런데 지금 나는 죽어가는 엄마의 얼굴을 보기 위해 여기 있다'고 생각하니 기분이 묘

했다. 병실 앞에는 엄마의 이름만 붙어 있었다. 임종을 대비해 일인실로 옮겨진 것이다. 죽음의 형식은 언제나 외롭다.

문을 열자, 침대에 누워 눈을 감고 있는 엄마의 얼굴이 보였다. 나는 무척 두려워졌다.

그때 엄마가 눈을 떴다. 엄마에게 우리가 왔다고 말했다. 엄마가 수없이 불렀을 그 이름들을 엄마에게 말했다. 그러자 엄마는 우리를 쳐다봤다. 소로가 월든 호숫가의 딱총나무를 관찰하듯이. 우리를 알아보자마자 엄마는 어떤 두려움도 없는 표정으로 우리를 반겼다.

"다 왔구나."

눈물이 차올랐지만 그런 엄마 앞에서 울 수 없었다.

엄마는 다시 힘을 낸 것이었을까? 엄마는 전혀 임종을 앞둔 사람처럼 보이지 않았다. 우리는 엄마의 손을, 팔을, 그리고 이마를 만졌다. 엄마의 몸은 펄펄 끓는 것처럼 뜨거웠다. 그런데 그게 하나도 이상하지 않았다. 내게 엄마는 늘 그렇게 따뜻한 사람이었으니까. 아픈 엄마의 몸이 하나도 이상하지 않았다.

잠시 후에 엄마가 말했다.

"나는 괜찮으니까 이제 집에들 가. 가서 맛있는 거 먹어."

"엄마가 있어야 집이지. 빨리 나아서 같이 집에 가요."

그렇게 말하는데도 엄마는 자꾸만 집에 가서 밥을 먹으라고 했다.

당연히 우리는 엄마의 곁을 떠날 수 없었다.

그날 밤, 엄마도 우리의 곁을 떠나지 않았다.

그렇게 의사가 임종의 밤이라고 말했던 밤을 엄마와 우리는 무사히 넘어갔다.

23

2009년 여름이 끝나갈 즈음에도 이제 모든 게 끝이라고 생각했던 밤이 있었다.

24

잠을 자다가 나는 저절로 흘러나오는 목소리를 들었다. 나는 어둠 속에서 그 말을 받아적었다.

아침에 깨어서 보니, 공책에는 이렇게 적혀 있었다.

> 잘못된 선택은 없다. 잘못 일어나는 일도 없다.

나는 그 말과 아우구스티누스의 지침 사이에 '그러므로'라는 접속사를 넣어 연결해봤다.

> 잘못된 선택은 없다. 잘못 일어나는 일도 없다. '그러므로' 사랑하라. 그리고 그대가 좋아하는 것을 하라.

'그러므로',

너무나 많은 여름이,

너무나 많은 골목길과 너무나 많은 산책과 너무나 많은 저녁이 우리를 찾아오리라.

우리는 사랑할 수 있으리라. 우리는 좋아하는 것을 더 좋아할 수 있으리라.

내 나이 때의 엄마를 어제 일처럼 생생하게 떠올릴 수 있는 것처럼 먼 훗날 내 나이 때의 열무를 얼마든지 상상할 수 있으리라.

25

엄마는 1935년 음력 1월 9일, 일본의 치바 현에서 태어났다. 십일남매 중 끝에서 세번째였다. 소학교에서 수업 중이었는데 오빠가 찾아와 집에 가자고 했고, 그게 학교에 간 마지막 기억이었다.

그길로 외갓집 식구들은 해방된 조국으로 돌아왔다. 그다음은 그 시기를 지나온 한국인이라면 모두가 겪은 일들이다. 한국전쟁, 이승만 정권, 4·19혁명, 5·16 쿠데타……

제일 먼저 엄마에게 나는 숫자를 배웠다. "이치, 니, 산, 시", 손가락을 꼽으며 나는 일본말로 숫자를 말했다. 당신이 어렸을 때 배운 그대로.

엄마에게서 들은 말 중에서 몇몇 일본말은 내가 가장 좋아하는 말이기도 하다. 오차, 안빵, 모찌……

그리고 시마이란 말이 있다.

26

어린 시절, 엄마와 함께 집에 들어가려고 밤에 제과점에 있다보면 아홉시쯤 작은 가방을 들고 한 아주머니가 찾아왔다. 일수 아주머니였다. 거의 말이 없는 분이었다. 그분은 조용히 와서 엄마가 미리 준비한 돈을 건네받고 작은 수첩에 일수 도장을 찍어줬다.

그 일은 매일 반복됐다. 나는 그날 번 돈을 제일 먼저 일수 아주머니에게 건네는 게 어떤 기분일지 전혀 상상하지 못했다. 빚을 모두 갚고 나서도 꽤 오랜 시간이 지난 뒤, 매일 돈 받으러 오던 게 지긋지긋했다고 엄마가 말하는 걸 듣고 나는 깜짝 놀랐다. 나는 두 분의 사이가 좋았다고 생각했다. 엄마가 싫은 내색을 보인 적이 한 번도 없었기 때문이었다.

일수 아주머니가 다녀가고 나면 손님이 뜸해졌다.

그때부터 엄마는 TV 드라마에 빠졌다. 엄마가 보는 드라마에는 서로 좋아하는 사람이 달라서 생기는 인생의 갖가지 문제들과, 함께 사는 가족들 사이에서 일어나는 여러 애환들이 나왔다. 내가 심심해하면, 엄마는 주인공 남녀의 운명이 어떻게 될 것인지 미리 말해주곤 했다. "저 둘은 결혼을 못 한단다"라거나 "저 사람은 죽을 거야" 등등. 너무 충격적인 전개라 긴가민가하지만 나중에 보면 어김없이 엄마의 예측대로 이야기는 전개됐다.

그건 저절로 생긴 능력이었다. 엄마에게는 손님을 기다리며 혼자 앉아 TV를 바라보던 숱한 밤들이 있었을 테니까. TV 드라마 속 갖가지 인생 문제와 여러 애환들의 전개 방향은 대개 뻔했을 테니까.

드라마가 끝나기를 기다렸다가 나는 집에 가자고 엄마를 졸랐다. 그러나 엄마는 혹시 올지도 모를 손님을 기다렸다. 손님은 올 때도 있었고, 안 올 때도 있었다.

그렇게 끝까지 기다린 뒤에야 엄마는 자리에서 일어나며 "시마이하자"라고 말했다. '시마이'란 일본말이다. 사전에는 '끝, 마지막'이라는 뜻에서 파생된 '끝맺음'이라고 쓰여 있다.

그러나 엄마가 말하는 '시마이'란 끝을 뜻하는 게 아니라 이제 정리하고 가게 문을 닫은 뒤 집으로 돌아가자는 뜻이었다.

어린 내가 그토록 기다린 말이었다.

엄마의 '시마이' 절차는 먼저 그날의 매출액을 정산하는 것에서 시작했다. 빵을 팔면 엄마는 자투리 종이를 모아 집게로 집어 만든 뭉치에 빵의 이름과 가격을 적었다. 우리도 가게를 볼 때면 거기에 꼬박꼬박 판 것들을 적어넣었다. 엄마는 그 종이뭉치와 주판을 앞에 두고 하루 매상을 정산했다.

정산이 모두 끝나면 의자와 테이블을 정돈하고 비닐봉지에 쓰레기를 넣은 뒤, 불을 끄고 밖으로 나와 가게 문을 잠갔다.

그때쯤이면 거리에는 다니는 사람들도, 차도 많지 않아 한산했다. 우리는 쓰레기를 옆 가게인 서울식품 앞 도롯가에 내놓았다.

그리고 우리는 집을 향해 걸어갔다.

27

집으로 돌아가는 길 역시 사람도 자동차도 다니지 않는, 고즈넉하고 은은한 밤길이었다. 집을 지키는 개들도 이제는 잘 나와보지 않았다.

이불을 뒤집어쓴 듯 정발산동은 어둠에 파묻혔다.

길을 걷는 건 우리뿐이지만, 그래도 괜찮다. 우리는 집으로 돌아가고 있으니까. 집으로 돌아가면 푹 쉴 수 있으니까.

정발산동의 길과 마찬가지로 평화동의 길 역시 눈을 감고도 갈 수 있었다. 서울식품 앞에서 횡단보도를 건넌 뒤, 인도를 따라 걸었다. 시청으로 향하는 그 길에는 가게들이 즐비했지만, 그 시간쯤에는 몇 군데를 제외하고는 모두 셔터를 내려 어두컴컴했다.

이불을 뒤집어쓴 듯 평화동은 어둠에 파묻혔다.

나는 늘 엄마보다 앞서서 걸어갔다. 앞으로 뛰어가다가도 뒤로 다시 돌아가 엄마의 손을 잡았다. 엄마는 나와 함께 걷고 있었다. 우리는 집으로 돌아가고 있었다.

사십 년 전의 엄마를 마치 어제 일처럼 바라보듯이,
나는 사십 년 뒤의 열무를 마치 내일 일처럼 바라본다.
사십 년 뒤, 그러니까 2063년의 열무를.

28

다음 날, 앳된 얼굴을 한 젊은 남자가 엄마의 병실로 찾아왔다. 그는 형수가 차고 나간 보호자증을 목에 걸고 있었다. 병원에서는 보호자증을 하나만 제공했다. 나는 보호자증도 없이 들어와 있었다. 남자는 엄마가 다니던 평화동성당의 보좌신부였다.

그가 다녀간 뒤, 엄마의 표정은 더욱 평온해졌다. 엄마는 한 번도 아프다는 말을 하거나 비명을 지르지 않았다. 이전에도 몇 번 임종을 지켜본 적이 있었기에 방금 보좌신부가 병자성사를 하며 저토록 평온한 엄마의 고해성사를 받았다는 게 믿기지 않았다.

임종의 자리에서도 엄마는 고통 속에 있지 않았다.

엄마는 평화 속에 있었다.

나는 마지막 순간까지도 나를 알아보는 엄마에게 몇 번이고 사랑한다고, 나의 엄마여서 고마웠다고 말할 수 있었다.

그 순간 나는 엄마가 되었다.

오직 모를 뿐일지라도 아무것도 잘못된 것은 없으니 지금 여기에서 평화로운 사람이 된다는 것.

그것은 이 세상에 남아 계속 살아갈 나에게 준 엄마의 마지막 선물이었다.

지금 나는 어떤 빛의 잔상을 보고 있다.

29

30

31

.

.

.

.

.

.

2063

꿈에 엄마가 나왔다. 나는 엄마를 위해 노래를 불렀다. 어떤 노래의 가사를 내 마음대로 바꿔 부르고 있었는데 갑자기 마음이 울컥해져 그만 노래를 더 부르지 못하게 됐다. 그러자 엄마가 나를 안더니 '마음이 울컥해 노래를 못 부르는구나'라고 말했다. 엄마 품에 안겨서도 나는 계속 울었다. 울지 말아야지, 생각하면서도 계속 울었다. 그러면서도 의아했다. 어, 엄마는 어떻게 내가 마음속으로 생각한 것을 다 알지? 나는 다시 노래를 부르려고 했는데, 번번이 같은 부분에 이르면 목이 메어 더 부를 수가 없었다. 엄마는 나를 안고 괜찮다고 말했다. 그러다가 나는 잠에서 깼다. 방 안의 공기는 밤새 차갑게 식어 있었다. 몇 겹이나 옷을 껴입은 뒤, 나는 창문을 열었다. 전기가 제한적으로 공급되는 탓에 불빛이 한 점도 없는 거리로 뭔가가 날리고 있었다. 눈이었다. 그 눈이 언제부터 내리기 시작했는지 나는 알지 못한다. 그리고 언제까지 내릴지도. 마지막 여름의 기나긴 그림자처럼 포근한 가을이 계속 이어지는가 싶더니 12월이 되자 갑자기 기온이 영하권으로 곤두박질치면서 우리 생애 가장 긴 겨울이 시작됐다. 눈은 한 번 내리면 쉬지 않고 쏟아져 해가 떠올라도 녹지 않았다. 라디오에서는 연일 기후비상사태에 대한 뉴스가 흘러나왔고, 이 와중에 전쟁도 계속되고 있었다. 왜 이 전쟁이 시작됐는지 누구도 알지 못하기에 언제 끝날지도 아무도 모르고 있었다. 이것이 우리가 안다고 믿고 행한 일들로 다다른 미래다.

해가 뜨기를 기다렸다가 호수공원으로 나갔다. 마지막 여름, 호숫가에는 전쟁을 피해 고향을 떠나온 피난민들을 위한 수용시설이 만들어졌다. 관리하지 못한 화단에는 잡초가 웃자라 그들이 버린 오물들이 떠다니는 호수를 가렸다. 해가 질 무렵이면 미세먼지로 흐릿한 석양을 배경으로 날벌레들이 떼 지어 날아다녀 숨쉬기가 힘들 정도였다. 북풍은 그 모든 것을 몰아냈을 뿐 아니라 백설의 두툼한 이불을 깔아 한순간 세상을 새뜻하게 만들었다. 나는 이제 희망을 알지 못한다. 희망을 버리니 절망은 저절로 버려졌다. 아무 욕망도 없는 마음으로 걸어가는데 깍깍거리는 소리가 들렸다. 눈 쌓인 가로등 위에 앉아 설경을 감상하던 까치의 감탄사였다. 내가 올려다보자 까치는 맞은편 나무로 날아가더니 시치미를 뚝 떼고 과묵해졌다.

바람이 불었다. 나뭇가지 위에 쌓인 눈들이 스르르 사선으로 쏟아졌다. 그러고는 아무 일도 없었다는 듯 다시 바람은 잠잠해졌다. 우듬지 너머의 하늘로는 온통 하얀 빛이었다. 긴 겨울이 시작되고 있었다. 이제 눈은 내리고 또 내리고, 쌓이고 또 쌓이기만 할 것이다. 호수의 작은 섬에 있는 지붕 딸린 벤치까지 걸어가 며칠 전에 받은 편지를 읽었다. 거기에는 "이번 여름 생일 때면 뵐 수 있을 것 같아요"라고 적혀 있었다. 사각사각 눈 쌓이는 소리가 들려 돌아보니 벤치 옆 산수유나무에 저마다 제 가끔의 눈을 이고 붉은 열매들이 매달려 있었다. 편지를 다시 주머니에 넣고 나는 호숫가 울타리를 따라 걸었다. 내게는 너무나 많은 삶이 있었고, 이제 나는 괘종시계처럼 늙어버렸다.

얼어붙은 호수를 건너온 눈보라가 얼굴을 덮쳤다. 이내 안경알이 흐려졌다. 흐리마리 하얀빛에 갇혀 헤매다가 나는 나무 한 그루와 부딪힐 뻔했다. 눈 쌓인 호수의 하얀 빛을 바라보고 선 독일가문비나무였다. 독일가문비나무는 묵묵히 눈을 맞고 서 있었다. 독일가문비나무와 눈은 하나가 되어가고 있었다. 그 나무처럼 나도 눈을 맞기로 했다. 이제 나는 슬픔 같은 것은 상관하지 않는다. 그저 묵묵해지려 할 뿐이다. 언제부터 그 눈이 내리기 시작했고 언제까지 그 눈이 내릴지는 나도 독일가문비나무도 알지 못하니까. 왜 그런 눈이 내리는지도. 다만 우리가 아는 것은 지금 이 시기는 여름철에는 맞기 힘든 눈을 맞아야

할 때라는 사실뿐. 그러고 나면 여름은 저절로 찾아올 테니까.

소로가 먼저 있어,

오래전, 호숫가의 소로에게 그랬듯이.

그렇게 우리는 여름에 다시 만나기로 약속되어졌다.

• 미야노 마키코와 이소노 마호가 서로 주고받은 편지들은 이후 『우연의 질병, 필연의 죽음』이라는 책으로 묶였습니다.

작가의 말

2021년 10월, 코로나19 바이러스가 여전히 기승을 부리던 어느 날, 제주도 대정읍의 작은 서점인 어나더페이지에서 낭독회가 있었다. 제주문화재단의 초청으로 가파도의 레지던시에 머물고 있을 때였다. 낭독회는 체류 기간 동안 작가들이 의무적으로 해야 하는 일들 중 하나였다. 낯선 곳에서의, 뜻밖의 낭독회였기에 어떤 분들이 오실까 궁금했다.

해가 저물고 예정된 시각이 되자, 어두운 골목으로 사람들이 하나둘 걸어오기 시작했다. 그렇게 조금씩 어떤 얼굴들이 서점 불빛 아래로 그 모습을 드러냈다. 살펴보니 중년 여성들이 많았다. 어떤 분들이냐고 물었더니 낮에는 농사를 짓고 밤에는 인문학서를 읽는 독서모임의 회원들이라고 했다. 그중에는 도시를 떠나 새로운 삶을 시작한 이도 있었다.

그들은 나를 낯설어했다. 물론 나도 그들이 낯설었다. 소설을 읽는 동안, 눈을 감는 분도 있었다. 그럴 때면 어쩔 수 없이 긴장하게 된다. 내 소설이 지루한가 싶은 걱정도 든다. 혹시 주무시는 건 아닐까?

그러나 그날만은 조금 달랐다. 주무셔도 괜찮겠다는, 아니, 오히려 그랬으면 좋겠다는 생각이 들었다. 하루 일에 지친 그들에게 내 소설이 그런 식으로나마 도움이 됐으면 싶었다. 그

뚱딴지같은 생각은 모두 당근이나 배추, 혹은 감귤 같은 것들 때문이었다.

그 얼굴들을 바라보며 나는 그들의 낮을 상상했다. 뜨거운 햇살과 달려드는 벌레와 마른 흙 같은 것들을. 때로 바람이 불고 비가 내리는 날도 있으리라. 낮 동안 그들에게는, 그리고 우리에게는 수많은 일이 일어나리라. 그런 게 우리 인생이니까. 그렇게 정신없이 할 일들을 처리하다보면 지칠 테고, 이윽고 밤이 찾아온다. 밤이 있어 얼마나 다행인가. 그 밤에 우리는 지친 몸을 쉬게 하리니. 밥을 먹고 나면 다시 힘이 생길 테고, 낮 동안의 일은 잠시 잊은 채 누군가는 영화를 보고, 누군가는 음악을 듣고, 누군가는 TV를 시청하고, 누군가는 이야기를 나눌 것이다. 그들처럼 동네 서점에 모여 책을 읽는 사람들도 있으리라.

그렇게 우리는 하루를 살아낸다. 그리고 그 하루하루가 모여 일생이 된다. 나는 그들이 매일 돌보는 것들을 생각했다. 당근이나 배추 혹은 감귤 같은 것들이 보살핌 속에 잘 자라 사람들의 저녁식탁까지 오르게 되는 과정을 생각했다. 거기까지 생각이 미치자 당근이나 배추 혹은 감귤 같은 것의 구체적인 모양과 질감과 향 같은 것들이 손에 잡힐 듯 또렷해졌다. 그들이 낮 동안 열심히 일해 만들어내는 것, 그리고 밤의 사람들에게 다시 살아갈 힘을 내게 하는 것. 나는 그들이 모여서 듣는 내 이야기도 그런 것이 됐으면 싶었다.

그날의 낭독회 이후, 소설에 대한 나의 생각은 완전히 바뀌었다. 산문보다는 소설을 더 많이 쓰게 됐다. 강연회보다는 막 지은 짧은 소설을 읽고 사람들의 이야기를 듣는 낭독회를 더 자주 하게 됐다.

그런 낭독회에서 사람들에게 읽어주기 위해 쓴 소설들이 모여 이렇게 한 권의 책이 됐다. 짧으면 십 분, 길면 한 시간이 넘도록 읽을 수 있는 이야기들이다. 보통은 오십 분 동안 두 편을 낭독했다. 낭독 사이사이에는 어울릴 만한 음악을 곁들여 사람들과 함께 들었다.

낭독이 끝난 뒤에는 오신 분들께 이야기를 청했다. 어떤 일을 하시는지, 요즘 관심사는 무엇인지, 이 낭독회에는 어떻게 오게 됐는지. 그러면 누군가 손을 들고, 다들 그 사람을 쳐다본다. 나도 그의 얼굴을 바라본다.

아무런 느낌도 없었던 어떤 얼굴이 조명을 받은 것처럼 또렷해지는 건 바로 그 순간이다. 그 얼굴은 나와 마찬가지로, 진짜 사람의 얼굴이었다. 아, 그렇구나. 저기 저런 얼굴을 가진 분이 앉아 있었구나. 그때마다 나는 놀랍다. 얼굴을 보며 그 목소리에 귀를 기울이면 나와 조금도 다르지 않은 한 사람의 이야기가 흘러나온다.

우리가 얼굴과 얼굴을 마주한다는 것, 바로 그게 이야기를 주고받는 일이라는 걸 새삼 깨닫는다. 때로 낭독회는 예정된 시간을 훌쩍 뛰어넘어 두세 시간씩 이어지곤 했다. 덕분에 좋은 추억이 많이 생겼다.

전국 여러 곳의 도서관과 서점에서 열린 낭독회에 찾아와 이야기를 들어준 모든 분들께 감사드린다. 그분들이 있어 나는 이 세상 속에서 소설을 쓰는 일의 의미를 알게 됐다.

모슬포의 저녁이 종종 생각난다. 골목의 어둠 속에서 하나 둘 나타나던 얼굴들이 떠오른다. 지친 얼굴들, 하지만 한편으로는 새로운 삶을 기대하는 얼굴들. 그 얼굴들을 마주하고 나는 생각했다. 이 이야기들이 그들에게 도움이 됐으면 좋겠다고. 지금까지 그런 소설을 쓰지 못했다면 지금부터 새로 쓰겠다고.

그 얼굴들이 있어 새로 쓴 소설들이다. 다시 한번 감사드린다.

2023년 여름의 첫 나날에,

김연수

너무나 많은 여름이_플레이리스트

장국영, Opening : 風再起時_Live — 다시 바람이 불어오기를
알레프, 조금 일찍 알았더라도(Finale) — 나와 같은 빛을 보니?
최혜빈, 같이 걸을까 — 나 혼자만 웃는 사람일 수는 없어서
Pat Martino, Both Sides Now — 관계성의 물
Olafur Arnalds & Iruma, We Contain Multitudes — 그사이에
백예린, 산책 — 저녁이면 마냥 걸었다
Nat Bartsch, Forever, and No Time At All — 거기 까만 부분에
Apollon Musagete Quartet, Julie-O — 고작 한 뼘의 삶
백아, 별똥별 — 보일러
Epic45, Summers First Breath — 여름의 마지막 숨결
김아일, Holy — 젖지 않고 물에 들어가는 법
Dietrich Fischer-Dieskau·Daniel Barenboim, Winterreise, D.911: 5. Der Linderbaum — 풍화에 대하여
사메지마 유미코, この道 — 우리들의 섀도잉
허회경, 오 사랑아 — 강에 뛰어든 물고기처럼
Tia Blake, The Rising of the Moon — 첫여름
카더가든, 긴 겨울(with 오존) — 토키도키 유키
9와 숫자들, 높은 마음 — 위험한 재회
Sunset Rollercoaster, Bomb of Love — 젊은 연인들을 위한 놀이공원 가이드
페퍼톤스, Thank You — 너무나 많은 여름이
장국영, 風再起時 — 다시 바람이 불어오기를
Jamie Cullum & Clint Eastwood, Gran Torino — 두번째 밤
Sarah Kang, Summer Is For Falling in Love(Korean) — 너무나 많은 여름이

낭독회가 열린 서점과 도서관

2021년 10월 30일, 제주도 대정읍 어나더페이지
2021년 11월 20일, 고양 지산문고
2022년 11월 8일, 문학주간 2022 파랑새극장
2022년 11월 11일, 고양 아람누리도서관 1
2022년 11월 19일, 대전 버들서점
2022년 11월 25일, 고양 아람누리도서관 2
2022년 12월 2일, 김해 숲으로 된 성벽
2022년 12월 3일, 진주 진주문고
2022년 12월 17일, 광주 사이시옷
2023년 2월 10일, 피크닉 2023 소설극장
2023년 2월 15일, 팟캐스트 '요즘 소설 이야기'
2023년 2월 25일, 선유도서관
2023년 3월 26일, 양재도서관
2023년 3월 28일, 고양 너의 작업실
2023년 4월 1일, 대전 넉점반
2023년 4월 9일, 국회도서관
2023년 4월 11일, 인천 연수도서관
2023년 4월 13일, 인천 북구도서관
2023년 4월 15일, 대구 구수산도서관
2023년 4월 18일, 하남 나룰도서관
2023년 5월 18일, 파주 행복한 책방
2023년 6월 3일, 창원 주책방

음원 스트리밍 서비스에서 '너무나 많은 여름이' 플레이리스트를 검색해보세요.

너무나 많은 여름이

1판 1쇄 2023년 6월 26일
1판 10쇄 2024년 9월 1일

지은이 김연수
편집 조연주
디자인 엄혜리
제작 제이오

펴낸곳 레제
출판신고 2017년 8월 3일 제2017-000196호
이메일 lese.erst@gmail.com

ISBN 979-11-967220-1-2 03810